शकुंतला की अँगूठी

(नाटक)

शकुन्तला की अँगूठी

सुरेन्द्र वर्मा

वाणी प्रकाशन

वाणी प्रकाशन

4695, 21-ए, दरियागंज, नयी दिल्ली 110 002

फ़ोन : +91 11 23273167 फ़ैक्स : +91 11 23275710

शाखाएँ

अशोक राजपथ, पटना 800 004, बिहार

कॉफ़ी हाउस कैम्पस, महात्मा गांधी मार्ग, इलाहाबाद 211 001, उत्तर प्रदेश

महात्मा गांधी अन्तरराष्ट्रीय हिन्दी विश्वविद्यालय, वर्धा 442 001, महाराष्ट्र

www.vaniprakashan.com
marketing@vaniprakashan.in
sales@vaniprakashan.in

Shakuntala Ki Angoothi
by Surendra Verma

ISBN : 978-93-5518-574-7
Play

पेपरबैक प्रथम संस्करण 2005
पेपरबैक द्वितीय संस्करण 2022

मूल्य : ₹ 125

आर.के. ऑफ़सेट, शाहदरा, दिल्ली-110 032 में मुद्रित

वाणी प्रकाशन का लोगो मक़बूल फ़िदा हुसेन की कूची से

पात्र

कुमार	नील
चमन	सुदर्शन
टाइगर	मंदाकिनी
निरंजन	रेखा
छोटू	कनक
मैनेजर	सेठानी
मज़दूर	माँ

मंच

मंच तीन भागों में बँटा है—बीच में पूर्वाभ्यास की जगह है, जहाँ कुछ कुर्सियाँ-स्टूल हैं। एक ओर कुमार का रहने का कमरा है और दूसरी ओर उसके दफ्तर की मेज़।

दृश्य 1

[पूर्वाभ्यास की जगह। जब प्रकाश होता है, तो कुमार बैठा आलेख पढ़ रहा है। कलाई की घड़ी की तरफ देखता है, फिर दरवाजे की ओर। फिर आलेख जोर से पढ़ने लगता है।]

कुमार : आर्य, नेपथ्य का काम पूरा हो चुका हो, तो इधर आओ। ...नटी–यह मैं आ गई आर्य! कहिए, क्या आदेश है? ...सूत्रधार–आर्य, इस सभा में अधिकतर विक्रमादित्य द्वारा सम्मानित विद्वान उपस्थित हैं तो आज हमें कालिदास का लिखा नया नाटक अभिज्ञान शाकुंतल प्रस्तुत करना चाहिए। तुम हर पात्र से तैयार होने को कहो।...सब लोग अपने-अपने अभिनय में कुशल हैं, इसलिए आप निश्चिंत रहें। बताइए, किस ऋतु के गीत से प्रारंभ करूँ? ...क्यों नहीं, इस ग्रीष्म ऋतु का ही गीत गातीं? ...लीजिए ...शिरीष के फूल/जिनकी कोंपलों के कोमल मुँह/भौंरे हल्के-हल्के छूते हैं/उन्हें देखो, ये युवतियाँ/ किस भावना से/कानों में सजा रही हैं...

[चमन का प्रवेश]

चमन : अरे, अकेले बैठे हो तुम?

कुमार : रिहर्सल पर वक्त से आता कौन है?

[चमन बैठता है।]

चमन : *(जेब से पत्र निकालकर देते हुए)* दफ्तर में तुम्हारा यह खत आया था।

[कुमार पत्र पढ़ता है।]

चमन : अमेरिका से आया लगता है?

कुमार : हाँ! एक फैलोशिप के बारे में है। *(पत्र जेब में रखते हुए)* मिल गई ऊन?

चमन : हाँ! बिलकुल वही रंग, जैसा मँगाया था। हालाँकि दस दुकानें

छाननी पड़ीं।

कुमार : तो कल ले लेते? ऐसी क्या जल्दी थी?

चमन : *(मुस्कराता है)* तुम नहीं समझोगे बिरादर! एमेचर थियेटर करने के लिए बीवी को खुश रखना बहुत जरूरी है।

[कुमार अपनी घड़ी देखता है, फिर चमन।]

चमन : *(हल्की मुस्कान से)* एमेचर हिंदी थियेटर की देखो यह माया...

कुमार : *(वैसे ही)* हो गया वक्त रिहर्सल का, पर कोई नहीं आया...

[चमन गाने लगता है। कुमार मुस्कान के साथ आलेख देखता रहता है।]

चमन : एमेचर हिंदी थियेटर की देखो यह माया,
हो गया वक्त रिहर्सल का, पर कोई नहीं आया।
घंटे भर से शकुंतला को मिली नहीं है बस।
डायरेक्टर दफ्तर में ओवरटाइम करे बेबस।
प्रियंवदा को मौसी के घर दावत पर जाना
अनसूया को बच्चों को स्कूल से है लाना।
कण्व मुनि के जालंधर से आ टपके ताया...
खड़े हुए दुष्यंत वहाँ हय राशन के क्यू में
लिफ्ट दे रही क्यूट नटी भी आई नहीं व्यू में।
दुर्वासा को आज बहुत है बीवी ने डाँटा।

कुमार : *(क्रोधित पत्नी का अभिनय करते हुए)* रिहर्सल... रिहर्सल... जब देखो तब रिहर्सल... अरे, थियेटर करना था, तो शादी क्यों की?

चमन : दुर्वासा को आज बहुत है बीवी ने डाँटा मछुए के आगे अद्धे का... *(हिचकी लेता है)*...
आन पड़ा काँटा
सूत्रधार ने अपने माफिक रोल नहीं पाया
एमेचर हिंदी थियेटर की...

[टाइगर का प्रवेश। उसके आदर्श हिंदी फिल्मी नायक हैं। वैसी ही वेशभूषा, वैसी ही चाल-ढाल।]

टाइगर : *(एटेंशन की मुद्रा में, मिलिटरी सैल्यूट के साथ)*, कुमार से टाइगर का सलाम, सर!

कुमार : यह वक्त है आपके आने का?

टाइगर : सॉरी सर, रेडियो पर एक रिकॉर्डिंग थी।

[बैठता है]

कुमार : शकुंतला के यहाँ गए थे?

टाइगर : हाँ डॉक्टर ने महीने भर निशा को बिस्तर से उठने के लिए मना किया है।

[कुमार ठण्डी साँस लेता है।]

चमन : *(टाइगर से)* धमानी से बात की?

टाइगर : हाँ, स्पॉट और बेबी लाइट दे देगा।

कुमार : पैसे?

टाइगर : बोल तो हजार रहा है, पर डेढ़-दो सौ कम दे देंगे।

कुमार : अच्छा, जरा बजट का अंदाज तो बताओ।

[चमन डायरी और बालपेन लेता है। लिखते हुए बोलता जाता है।]

चमन : हॉल का किराया आठ सौ...चाय पाँच सौ...आना-जाना एक हजार... अपनी कौस्ट्यूम का बंदोबस्त सब खुद करेंगे...प्रापर्टीज पाँच सौ के करीब...पब्लिसिटी दो हजार...ब्रोश्योर का कागज और छपाई हजार...फुटकर पाँच सौ...कुल मिलाकर हुए...

[मंदाकिनी का प्रवेश]

मंदाकिनी : सॉरी, कुमार साब, हस्बैंड को छोड़ने एयरपोर्ट जाना था।

कुमार : *(मंदाकिनी से)* ओ.के. ... *(चमन से)* ब्रोश्योर के लिए इश्तिहार?

टाइगर : ढाई सौ का पीछे का पूरा पन्ना मैं निकलवा दूँगा।

चमन : *(मुस्कान के साथ)* दो-तीन इश्तिहार मंदाकिनी के नाम से...

मंदाकिनी : जरूर...मैं हस्बैंड को बोल दूँगी।

[रेखा का प्रवेश]

टाइगर : *(मीठी मुस्कान से)* हैलो रेखा...

रेखा : *(ठंडेपन से)* हैलो...*(कुमार से, मुस्कान सहित)* सॉरी...आधे घंटे तक बस ही नहीं मिली।

[बैठती है]

कुमार : *(रेखा से)* गीता माथुर से बात हुई?

रेखा : हाँ, वो बोली, शकुंतला के रोल के लिए मैं खुशी-खुशी आ जानी, पर मुझे एक फिल्म में चान्स मिल गया है, बांबे जा रही हूँ।

[कुमार ठंडी साँस लेता है।]

चमन : *(कुमार से)* ग्रुप का नाम सोचा कुछ? रजिस्टर भी तो करवाना है।

टाइगर : एक्टर्स स्टूडियो...

कुमार : हिंदी में बोलो कुछ...रंगकर्मी...

टाइगर : रंगपागल...

रेखा : रंगसंधान...

मंदाकिनी : रंगरंगीले...

कुमार : मैं कुछ हल्का-सा चाहता हूँ...जैसे बैकबेंचर्स...ट्रेसपासर्स...लेकिन अँग्रेजी में नहीं...

टाइगर : खाली पीली...

कुमार : लगे हाथों...कुछ-न-कुछ...

चमन : यह अच्छा है... कुछ-न-कुछ प्रस्तुत करते हैं... अभिज्ञान शाकुंतल...

[निरंजन का प्रवेश। छोटी-सी दाढ़ी। आत्मलीन। कुमार के पास आ बहुत गंभीर भाव से खड़ा हो जाता है।]

निरंजन : सर!

[सब उसकी ओर देख रहे हैं।]

निरंजन : यह जो जिंदगी है न...

[कुमार उसकी ओर देखता रहता है।]

कुमार : हूँ?

निरंजन : *(आरोप के स्वर में)* बता सकते हैं आप कि इतनी उलझी हुई क्यों हैं?

[कुमार दूसरों की ओर देखता है।]

कुमार : *(विवशता के भाव से)* नहीं बता सकता।

[निरंजन कुछ क्षण कुमार को देखता रहता है। रेखा के अलावा दूसरे कलाकार अपनी मुस्कान दबाते हैं।]

निरंजन : *(गहरी साँस के साथ)* ओ.के.... ओ.के....

कुमार : लेकिन इसका आपके देर से आने से क्या ताल्लुक?

निरंजन : मैं आते हुए बस में यह किताब पढ़ रहा था।

[मुखपृष्ठ दिखाता है]

टाइगर : *(पढ़ता है)* सीगल...

निरंजन : माशा दुखी है, क्योंकि कात्या को उसके प्यार का एहसास नहीं। कात्या को एक तरफ लेखक की हैसियत से अपनी नाकामयाबी का दुःख है और दूसरी तरफ नीना के त्रिगोरिन से प्यार करने का। नीना न एक्टिंग में कहीं पहुँच पाती है, न त्रिगोरिन के प्यार में। भटकती रहती है सारी जिंदगी...सीगल की तरह...

कुमार : तो?

निरंजन : मैं ऐसा डूबा हुआ था इस दर्द में कि जब बस यहाँ के स्टॉप पर आई तो मुझे उतरने का ध्यान ही नहीं रहा।

[विराम]

कुमार : *(निरंजन के ढंग से ही)* ओ.के.... ओ.के.... *(स्वर बदलकर)* चलिए, स्क्रिप्ट निकालिए अपनी-अपनी...

[लोग अपने आलेख निकालते हैं।]

कुमार : पेज सात... शकुंतला, प्रियंवदा और अनसूया पौधों को पानी दे रही हैं... मंदाकिनी, शकुंतला... रेखा, अनसूया और प्रियंवदा दोनों के डायलोग बोल दो... दुष्यंत? ...अरे, पाराशर नहीं आया आज भी?

चमन : अगले महीने उसका शो है ...गोदान का। उसके बाद ही आएगा।

कुमार : *(चिंता से)* कब तक प्रौक्सी से ब्लोकिंग होगी।... टाइगर, तुम दुष्यंत कर दो।

[कुमार एक-दो स्टूल यहाँ-वहाँ रखता है। मंदाकिनी और रेखा अपनी जगह ले लेती हैं। रेखा का अभिनय ठीक है। मंदाकिनी में अटपटापन है। टाइगर का अभिनय बिलकुल फिल्मी है।]

रेखा : इस नवमालिका को तू भूल गई शकुंतला, जिसने आम के पेड़ से स्वयंवर रचाया है और जिसे तूने ही वनतोषिणी...

मंदाकिनी : एक्सक्यूज मी सर, व्हाट इज द मीनिंग ऑफ वनतोषिणी?

कुमार : वन को संतोष देने वाली...

मंदाकिनी : थैंक्यू...

रेखा : जिसे तूने ही वनतोषिणी, यह नाम दे रखा है।

मंदाकिनी : इसे भूलूँगी, तो अपने को भी न भूल जाऊँगी।

रेखा : *(मुस्कराकर)* अनसूया, तू जानती है, शकुंतला वनतोषिणी की ओर इतना क्यों देखती है?

[रेखा अपनी जगह बदल अनसूया की भूमिका में आ जाती है।]

रेखा : बता, क्यों देखती है?

[रेखा फिर प्रियवंदा की भूमिका में आ जाती है।]

रेखा : इसलिए कि जैसे वनतोषिणी को अपने अनुरूप पेड़ मिला है, वैसे ही इसे भी अपने अनुरूप पति मिले।

[मंदाकिनी भौंरे से परेशान होने का अभिनय करती हुई मंच का एकाध चक्कर लगाती है।]

मंदाकिनी : बचाओ न मुझे इस दुष्ट भौंरे से... यह तो मेरा पीछा ही नहीं छोड़ता।

[कोने से आगे आता है।]

टाइगर : दुष्टों के विनाशक। पौरव के शासन में/कौन है जो भोली, तपस्वी

कन्याओं को/अनाचार से पीड़ित कर रहा है?

रेखा : *(मुस्कान से)* आर्य, कोई भी यहाँ अनाचार नहीं कर रहा। केवल एक भौंरा है, जिसके पास आकर मँडराने से हमारी सखी डर गई है।

[टाइगर बहुत फैली मुस्कान से मंदाकिनी को देखता है।]

टाइगर : कहो, तुम्हारी तपस्या तो मजे में चल रही है?

कुमार : यह क्या डायलॉग बोल रहे हैं आप?

[टाइगर अपना आलेख देखता है।]

टाइगर : स्क्रिप्ट में है... ठीक से चल रही है। लेकिन मजे में भी चलेगा। बोलचाल की जुबान है। सब लोग कहते हैं, मजे में हैं न आप?

कुमार : नाटक का पीरियड है ईसा से पहले चौथी सदी। इसमें मजा जैसा उर्दू लफ्ज नहीं खप सकता। जो स्क्रिप्ट में है, वही बोलिए।

टाइगर : वैसे पिछले महीने मैं एक नाटक में काम कर रहा था। 'मैं दीपक तुम बाती' तब मैंने अपने सारे डायलॉग खुद रिवाइज कर लिए थे।

कुमार : *(संतुलित स्वर में)* उसके डायरेक्टर कौन थे?

टाइगर : जी, वो टी.वी. पर हैं न...प्राणनाथ बालम...

कुमार : रिवीजन आप बालम और साजन के यहाँ कीजिएगा। मेरे नाटक में जो कुछ बदलाव होता है, वो मैं करता हूँ। चलिए...

टाइगर : कहो, तुम्हारी तपस्या तो ठीक चल रही है?

रेखा : हाँ, एक विशेष अतिथि के आने से ठीक चल रही है।

रेखा : हम आर्य का स्वागत करती हैं। शकुंतला, जा, पर्णशाला से फल ले आ।

टाइगर : नहीं-नहीं, आपकी मीठी बोली से ही हमारा आतिथ्य हो गया।

रेखा : सप्तपर्णा वेदी में बैठकर थकान दूर कर लें। यहाँ ठंडी छाँव भी है।

टाइगर : आप लोग भी तो अपने पुण्यकार्य से थक गई होंगी। कुछ देर आप भी...

कुमार : *(टोकते हुए)* टाइगर, कैरेक्टर को समझो। दुष्यंत शहर में रहता है, साफिस्टीकेटिड है, शकुंतला की तरफ उसका जो झुकाव है, उसके पीछे...

टाइगर : *(गर्व से)* इलिया कजान का एक्टर्स स्टूडियो... ये अपने सब वहीं से निकले हैं... ब्रेंडो, जेम्स डीन, मोटगोमरी क्लिफ्ट...

कुमार : *(संजीदगी का अभिनय करते हुए)* क्या होती है मैथड एक्टिंग?

टाइगर : *(अटकते हुए)* जी, वो...क्या कहते हैं कि...*(आतंक से)* इमोशन...*(गहरे अंतर्द्वंद्व से)* और वो जो रिएलिटी है न... उसको बस, यू नो...*(बहुत फैली मुस्कान से)* स्टानिस्लावस्की!

चमन : *(हँसकर)* ओए, स्टानिस्लावस्की दी स्पेलिंग की हौंदी ए?

[कनक का प्रवेश]

कनक : गीता माथुर ने बताया कि यहाँ एक एक्ट्रेस चाहिए?

चमन : आपका नाम?

रेखा : कनक...मैंने देखा है इन्हें स्टेज पर...*(कुमार से)* शी इज ए फाइन एक्ट्रेस!

[कनक रेखा की ओर देखते हुए हल्के से मुस्कराती है।]

कुमार : कौन-से नाटकों में काम किया है आपने?

कनक : 'काँच के खिलौने' में लौरा, 'अंकिल वान्या' में सोनिया एवं 'इन्द्रजित' में मानसी...

कुमार : शाकुंतल तो आपने पढ़ा ही होगा?

[कनक सहमति में सिर हिलाती है।]

कुमार : रेखा प्रियंवदा, मंदाकिनी अनसूया—मैं दुष्यंत के डायलॉग बोल रहा हूँ।

[कुमार कनक को एक आलेख देता है।]

कुमार : *(दुष्यंत का संवाद पढ़ता है)* आप लोग भी तो अपने पुण्यकार्य से थक गई होंगी। कुछ देर आप भी बैठें।

मंदाकिनी : आ शकुंतला, कुछ देर बैठ जायें। अतिथि का आदर करना हमारा कर्तव्य है।

कनक : *(स्नेहसिक्त दृष्टि से कुमार को देखते हुए)* क्या है यह ?...क्यों इस व्यक्ति को देखकर मन में ऐसा भाव उठ रहा है, जो तपोवन की मर्यादा के अनुकूल नहीं?

कुमार : यह एक-सी आयु और एक-से रूप की मित्रता कितनी अच्छी लग रही है!

रेखा : *(चंचलता से)* कौन-सा राजर्षि वंश है, जिसकी आपसे शोभा है? कौन-सा देश है, जिसे आप विरह से व्याकुल छोड़ आए हैं? कौन-सा कारण है, जिससे आपने अपने कोमल शरीर को यहाँ तपोवन में लाने का कष्ट दिया है?

कनक : *(स्वगत)* व्याकुल मत हो मन, जो तू सोच रहा था, वह सब अनसूया ने पूछ लिया है।

कुमार : देखिए, मैं एक वेदविद् ब्राह्मण हूँ। राजा पौरव ने मुझे अपने

नगर में धर्माधिकार में लगा रखा है। मन में इस आश्रम को देखने की लालसा थी, इसीलिए चला आया हूँ।

रेखा : शकुंतला, आज यदि तात कण्व यहाँ पर होते, तो...

कनक : तो क्या होता?

मंदाकिनी : तो अपना सब कुछ देकर भी इस विशेष अतिथि का सत्कार करते।

कनक : *(दिखावटी क्रोध से)* हटो, मैं तुम्हारी बात नहीं सुनती।

कुमार : हम भी आपकी सखी के बारे में कुछ पूछना चाहते हैं।...महर्षि कण्व तो जन्म से...ब्रह्मचारी हैं...न?

रेखा : वास्तव में इसके पिता हैं राजर्षि कौशिक...

मंदाकिनी : बहुत पहले की बात है—उनकी घोर तपस्या से आशंकित होकर देवताओं ने बाधा डालने के लिए मेनका अप्सरा को भेजा।

रेखा : वसंत उतर रहा था। समय सुहावना था। ऐसे में उसके उन्मादक रूप को देखकर...

कुमार : *(स्वगत)* ठीक ही तो है। काँपती बिजली क्या कभी धरती के गर्भ से भी जन्म ले सकती है? *(प्रकट)* तो क्या यह आजीवन अपने जैसी आँखों वाली सुंदर हिरनियों के साथ यहाँ घूमती रहेंगी?

रेखा : नहीं, तात का निश्चय है कि अनुकूल वर मिलने पर इसका कन्यादान कर देंगे।

कनक : देख अनसूया, मैं अब यहाँ से जा रही हूँ।

रेखा : तेरे ऊपर मेरा ऋण है दो पेड़ सींचने का। उसे उतार ले, तब चली जाना।

कुमार : यह बेचारी तो पेड़ सींच-सींचकर पहले ही इतना थक गई है। ...इसका ऋण मैं उतार देता हूँ...मेरे पास अँगूठी नहीं...

[कनक कुमार को अपनी अँगूठी देती है। कुमार रेखा को अँगूठी देता है। वह अँगूठी देखती है। चकित होकर मंदाकिनी को देती है।]

मंदाकिनी : *(आश्चर्य से)* अरे, इस पर तो राजा का नाम लिखा है!

कुमार : हाँ-हाँ, यह मुझे राजा से भेंट में मिली है।

रेखा : तब तो आपको इसे अपनी उँगली से अलग नहीं करना चाहिए। शकुंतला का ऋण आपके शब्दों से ही उतर गया।

मंदाकिनी : अब तू यहाँ से जा सकती है।

कनक : मैं तेरे अधीन हूँ क्या? जब मेरा मन होगा, जाऊँगी।

[रेखा और मंदाकिनी एक-दूसरे को देखकर हँसती हैं। फिर

कनक को देखती हैं। फिर कुमार को।]

कुमार : तो फिर चलूँ?... *(कनक को देखता है। दो-तीन कदम बढ़ता है।)* आगे जा रहा है शरीर/लेकिन मन की दिशा पीछे की ओर है/महीन रेशम की ध्वजा-सा है यह मन/जिसे मैं हवा से उल्टी दिशा में ले जा रहा हूँ... *(दरवाजे तक जाकर कुमार ठिठक जाता है।)* ओ.के. ... इतनी कास्टिंग फाइनल हो गई... कनक शकुंतला, रेखा प्रियंवदा, मंदाकिनी अनसूया...

[मंदाकिनी कनक की ओर तनिक मुँह बिचकाती है, जिसे कनक लक्ष्य नहीं करती।]

कुमार : जब तक पाराशर नहीं आता, दुष्यंत की प्रोक्सी मैं करूँगा... चमन विदूषक...

टाइगर : और मैं?

कुमार : तुम कण्व का रोल करो।

टाइगर : *(दर्द से)* व्हाट ए फॉल माई कंट्रीमैन! ...फ्रॉम द रोमांटिक हीरो टु कैरेक्टर एक्टर!

[छोटू का नाटकीय ढंग से प्रवेश। हाथों में चाय के गिलासों के खाँचे।]

छोटू : *(नाटकीय स्वर में)* अरे ओ सामा, चाय...

कुमार : टी ब्रेक...

टाइगर : रिहर्सलों पर चाय लाते-लाते साला ये भी एक्टर हो गया।

छोटू : साब, इस हाथ से चाय लो और उस हाथ से पैसा दो।

चमन : अरे यार छोटू, क्या दिल तोड़ने वाली बात कर रहे हो।

छोटू : नहीं साब, आपसे पैले वो रिहर्सल हो रई थी न... ऊटी न शिमला हनीमून सराय रोहिल्ला, तो सोला चाय के पैसे मार गए।

रेखा : अरे यार, ये पंजाबी थियेटर वाले ऐसे ही होते हैं।

चमन : चलो-चलो, चाय लो।

[छोटू, चमन और टाइगर गिलास बाँटते हैं। गिलास मंदाकिनी की ओर बढ़ाया जाता है।]

मंदाकिनी : *(नखरे से)* नो, थैंक्स...

[कलाकार अलग-अलग समूहों में बातचीत का मूकाभिनय करते हैं। रेखा और निरंजन पास हैं।]

रेखा : आप हमेशा काले कपड़े क्यों पहनते हैं?

निरंजन : मैं अपने जिन्दा रहने का सोग मना रहा हूँ।

रेखा : क्यों?

निरंजन : मैंने कुछ बनना चाहा था, नहीं बन सका।

रेखा : पर अभी आपकी उम्र ही क्या है?

निरंजन : उन्नीस साल का बूढ़ा हो चुका हूँ मैं।

[चाय की चुस्की ली जाती है।]

निरंजन : आपने यह जो चेन पहन रखी है, इसके पैंडेंट में कबूतर क्यों है?

रेखा : कबूतर मुझे बहुत पसन्द है।

[विराम]

निरंजन : आप क्या करती हैं?

रेखा : मैं रिसर्च कर रही हूँ।

निरंजन : हिंदुस्तान में लड़की के एम.ए. करने के बाद और शादी से पहले जो स्टेज होती है, उसे रिसर्च कहा जाता है।

रेखा : ठीक है।

निरंजन : क्या रिसर्च करती हैं आप?

रेखा : कबूतरों का बर्ताव।

निरंजन : मतलब?

रेखा : मेरी खिड़की के सामने एक खूबसूरत इमली का पेड़ है। उसकी दो टहनियाँ जहाँ मिलती हैं, वहाँ एक घोंसला है। उस घोंसले में कबूतरों का एक बहुत खूबसूरत जोड़ा रहता है।

निरंजन : कबूतरों का बर्ताव भी बेहद खूबसूरत होगा?

रेखा : बेशक! जिस नर्मी और अपनापे से वे आपस में किलोलें करते हैं, वो जैसे एक बेजुबान कविता है।

[कनक के परवर्ती संवाद के बाद दूसरे समूह कुमार की ओर उन्मुख होते हैं।]

कनक : *(कुमार से)* इस नाटक के बारे में कुछ बताइए।

कुमार : यह नाटक नियति यानी डैस्टिनी के बारे में है...कि किस तरह सितारों की चाल हम पर असर करती है...यह नाटक दुःख झेलने की मजबूरी के बारे में है...कि चाहे हम कहीं, किसी भी हैसियत में हों, रंजोगम की अँधेरी सुरंग से हमें निकलना ही है...यह नाटक औरत और आदमी के रिश्ते के बारे में है, जिसके ताने-बाने, चाहत और तनाव, सुख और घुटन, सपनों और सिसकियों से गूँथे गए हैं।

निरंजन : आपने यह नाटक क्यों चुना?

कुमार : हमें अपनी जड़ें पहचानने के लिए संस्कृत नाटक भी करना चाहिए,

जिसके प्रोडक्शन का ढंग बिलकुल अलग होगा।

मंदाकिनी : कैसे?

कुमार : क्योंकि संस्कृत के नाटक में संघर्ष यानी कांफ्लिक्ट नहीं। उसके पीछे भरत मुनि की रस की थ्योरी है, जिसके मुताबिक...

टाइगर : *(बीच में ही)* इसमें कोई विलेन नहीं।

कुमार : जिंदगी में कई बार हालात ही विलेन का काम करते हैं।

रेखा : दुर्वासा ने शकुंतला को क्यों श्राप दिया?

मंदाकिनी : और शकुंतला की उँगली से अँगूठी क्यों गिरी?

कुमार : यही तो किस्मत है—यानी कोई ऐसी ताकत, जो आदमी को हँसाती और रुलाती है, जो हर तरह की लॉजिक से परे है, जो एक तरफ वन-कन्या को भी ठगती है और दूसरी तरफ हिंदुस्तान के राजा को भी।

कनक : दुष्यंत के मुकाबले शकुंतला बहुत दुःख उठाती है।

कुमार : बड़ी चीज तो तभी बनती है, जब कोई पात्र बहुत दुःख उठाता है। *(हल्की मुस्कान से)* दुःख हमें माँजता है...क्योंकि औरत आदमी से बेहतर होती है, इसलिए उसका दुःख ज्यादा गहरा असर पैदा करता है।

[अभिनेत्रियाँ तालियाँ बजाती हैं।]

मंदाकिनी, रेखा : *(साथ-साथ)* हियर...हियर...

टाइगर : आई स्ट्रांगली प्रोटेस्ट सर!

[हँसी]

कुमार : चलिए, शुरू करें।

[कलाकारों की जगहों में परिवर्तन होता है।]

रेखा : इस नवमालिका को तू भूल गयी शकुंतला, जिसे तूने ही वनतोषिणी नाम दिया है।

कनक : इसे भूलूँगी, तो अपने को भी न भूल जाऊँगी?

रेखा : अनसूया, तू जानती है, शकुंतला इस वनंतोषिणी की ओर इतना क्यों देखती है?

मंदाकिनी : बता, क्यों देखती है?

रेखा : इसलिए कि जैसे इसे अपने अनुरूप पेड़ मिला है, वैसे ही इसे अपने अनुरूप पति मिले।

[अंधकार]

दृश्य 2

[कार्यालय। चमन काम कर रहा है। कुमार हिसाब के किसी रजिस्टर के पन्ने पलटते हुए अपने संवाद दुहरा रहा है।]

कुमार : रथ को रोक लो। आश्रम वालों के काम में किसी तरह की रुकावट न पड़े। मैं यहीं उतर जाता हूँ।...शांत आश्रम में आकर/दायीं बाँह फड़क रही है। यहाँ इसका क्या फल मिलेगा?

[विराम]

जो होनी हो/उसके द्वार कहीं से भी खुल सकते हैं...

[मैनेजर का उपस्थिति-रजिस्टर लिए प्रवेश]

मैनेजर : *(ठंडी नफरत से)* मिस्टर कुमार!

कुमार : *(जबड़े भींचते हुए)* सर!

[उठ खड़ा होता है।]

मैनेजर : *(बनावटी नर्मी से)* दफ्तर खुलने का समय क्या है?

[विराम]

कुमार : *(गहरी साँस लेकर)* दस...

मैनेजर : *(रजिस्टर देखते हुए)* आज आप दस बजकर डेढ़ मिनट पर आए हैं। कल आप दस बजकर तीन मिनट पर आए थे। परसों आप दस बजकर दो मिनट और छब्बीस सैकिंड पर आए थे। ...दफ्तर को कितना घाटा हुआ?

[विराम]

कुमार : मेरा हिसाब कमजोर है।

मैनेजर : साढ़े छः मिनट और छब्बीस सैकिंड...*(नाराजगी से)* इतने लंबे दौर में क्या नहीं हो सकता? तीन खत लिखे जा सकते हैं, एक स्टेट की सेल्स रिपोर्ट देखी जा सकती है...*(विस्फोट के साथ)* जनाब, वर्ल्डवार हो सकती है साढ़े छः मिनट में!

कुमार : *(कुछ ठहरकर)* बात यह है कि देर रात तक शकुंतला की रिहर्सल

चलती है, इसलिए उठने में कुछ देर...

मैनेजर : माना कि आप बड़े आर्टिस्ट हैं। अखबार में आपका फोटो छपता है। लेकिन कंपनी ने आपको यहाँ नट, बोल्ट और स्क्रू की बिक्री के हिसाब के लिए रखा है, शकुंतला की खोयी अँगूठी ढूँढ़ने के लिए नहीं! *(एक कागज बढ़ाता है)* लीजिए, मेमोरेंडम!

[कुमार मेमोरेंडम ग्रहण करता है।]

मैनेजर : चमनलाल जी, स्टॉक की रिपोर्ट दे दीजिए।

चमन : यस सर!

[मैनेजर का प्रस्थान। चमन कुछ फाइलें खोलता है।]

चमन : मैं बोलता हूँ, तुम लिखते जाओ।

[कुमार हामी में सिर हिलाता है।]

चमन : तीन प्वाइंट तीन के नट...पैंतीस...छोटा स्क्रू...पचपन...गोल नट... इक्यासी...

[कुमार लिखता है।]

चमन : नई शकुंतला कैसी लगी?

कुमार : अच्छी है।

चमन : मुझे तो बहुत अच्छी लगी।...दो प्वाइंट तीन...पैंसठ...बीच का स्क्रू...सतहत्तर...दूसरे एक्ट के शुरू का मेरा डायलॉग बहुत पेचीदा है। याद करने में मुश्किल हो रही है।

कुमार : दिन में दुहरा लिया करो।

चमन : मार दिया इस शिकारी राजा की मित्रता ने। गरमी की भरी दोपहर, दूर-दूर तक कहीं पेड़ों की छाया नहीं, और ऐसे में यह रहा हिरन, वह रहा सूअर करते हुए सारे जंगल में घूमते फिरो और बाद में पियो सड़े पत्तों पर से होकर आता कसैला गरम पानी...तीन प्वाइंट दो—चालीस...खाने को जलता मांस और वह भी जिस समय मिल जाए। हाथी-घोड़ों के चिंघाड़ने-हिनहिनाने से रात को भी ठीक से नींद नहीं आती। और अब सुबह-सुबह ही इस हो-हल्ले ने मुझे जगा दिया है। हिरन का पीछा करते राजा ने आश्रम में जाकर शकुंतला नाम की किसी तपस्वी कन्या को देख लिया है, तो अब लौटकर नगर चलने की बात ही नहीं करता।...अच्छा, प्रिय मित्र तो इधर ही चले आ रहे हैं। हाथ में धनुष, मन में शकुंतला और गले में वनफूलों की माला...

कुमार : मिलन सरल नहीं, फिर भी उसका भाव देखकर मन को धीरज है। कामना पूरी चाहे न भी हो, फिर भी दोनों ओर का झुकाव

संतोष तो देता ही है।

चमन : देखिए महाराज, अपना हाथ तो चलता नहीं, इसलिए केवल शब्दों से ही अभिवादन कर रहा हूँ। जय हो आपकी!

कुमार : *(मुस्कराकर)* क्यों, क्या हुआ? तुम्हारे अंग कैसे जकड़ गए?

चमन : आँख फोड़कर पूछते हो कि रो क्यों रहे हो?

कुमार : बात समझ में नहीं आई!

चमन : बेंत अगर कुबड़ा होकर झुक जाए, तो उसका कारण क्या होगा? वह स्वयं या नदी का वेग?

कुमार : कारण तो नदी का वेग ही रहेगा।

चमन : इसी तरह मेरी इस अवस्था के कारण आप हैं।

कुमार : कैसे?

चमन : प्रतिदिन सिंहों और बाघों का पीछा करते-करते मुझ ब्राह्मण का बुरा हाल है। इसलिए इतनी कृपा करें कि एक दिन तो विश्राम कर लें

कुमार : *(स्वगत)* इधर इसका यह कहना है और उधर बार-बार शकुंतला का ध्यान आने से मेरा भी मन शिकार में नहीं लग रहा...

नेपथ्य से

एक स्वर : चमन, तुम्हारा फोन...

चमन : एक मिनट...

[चमन का प्रस्थान। कुमार हाव-भाव से अपने संवाद बोलता जाता है। अगले संवाद के शुरू होने पर मैनेजर का निःशब्द प्रवेश।]

कुमार : सैनिकों को मना कर दो कि वे तपोवन को घेरें नहीं। शांत है यह तपोवन, लेकिन इसमें कहीं निहित है एक तेज/जो कभी भी सुलग सकता है।/शीतल होते हुए भी सूर्यकांतमणि/धूप की गर्मी पड़ने से दहक उठती है/अचानक...

[सहसा कुमार को लगता है कि वह कमरे में अकेला नहीं। मुड़ता है। मैनेजर से दृष्टि मिलती है। विराम।]

मैनेजर : *(ठंडे गुस्से से)* यह थियेटर है या ऑफिस?

कुमार : *(गहरी साँस लेकर)* ऑफिस।

मैनेजर : यहाँ काम का वक्त क्या है?

कुमार : दस से पाँच।

मैनेजर : अभी क्या बजा है?

कुमार : सवा ग्यारह।

मैनेजर : आपको तनख्वाह किसलिए मिलती है?

कुमार : दफ्तर का काम करने के लिए।

मैनेजर : इस कंपनी पर कालिदास का कोई एहसान है?

[कुमार चुप रहता है।]

मैनेजर : *(कागज आगे बढ़ाते हुए)* यह लीजिए मेमोरेंडम...

[कुमार कागज ले लेता है।]

मैनेजर : पिछले साल की बैलेंस शीट दिखाइए।

[कुमार फाइल से अपेक्षित कागज निकालता है।]

मैनेजर : देखिए, आँकड़े क्या हैं?

कुमार : तैंतीस लाख ग्यारह हजार...

[मैनेजर अपने हाथ की फाइल से एक कागज दिखाता है।]

मैनेजर : और यहाँ क्या लिखा है आपने?

[कुमार देखता है।]

कुमार : यही तो लिखा है।

मैनेजर : जरा गौर से देखिए।

[विराम]

कुमार : एक जीरो छूट गया है।

मैनेजर : *(नर्मी से)* एक जीरो छूट जाने से कितना फर्क पड़ा?

कुमार : हिसाब में मैं शुरू से ही कमजोर हूँ।

मैनेजर : *(ताज्जुब से)* आपको पहाड़े याद नहीं?

[कुमार इनकार में सिर हिलाता है।]

मैनेजर : *(नर्मी से)* पहाड़े जिंदगी की बुनियाद हैं।...थोड़ी प्रैक्टिस मैं आपको रोज करा दिया करूँगा...*(लय के साथ)* आठ एकम आठ...आठ दूनी?

[प्रश्नात्मक दृष्टि से देखता है।]

कुमार : सोलह।

मैनेजर : आठ तिया?

कुमार : *(ठंडेपन से)* नहीं मालूम।

मैनेजर : *(नर्मी के आवरण में क्रूरतापूर्वक)* चौबीस...आगे?

कुमार : आठ धाम अस्सी...

मैनेजर : आठ चौके?

[कुमार चुप रहता है।]

मैनेजर : बत्तीस...बोलिए।

कुमार : बत्तीस।

मैनेजर : आठ पंजे चालीस...

कुमार : आठ पंजे चालीस...

मैनेजर : आठ छक्के अड़तालीस...

कुमार : आठ छक्के अड़तालीस...

मैनेजर : आठ सत्ते छप्पन...

कुमार : आठ सत्ते छप्पन...

मैनेजर : आठ अट्ठे चौंसठ...

कुमार : आठ अट्ठे चौंसठ...

मैनेजर : आठ नवें बहत्तर...

कुमार : आठ नवें बहत्तर...

मैनेजर : आठ धाम अस्सी...

कुमार : आठ धाम अस्सी...

मैनेजर : दैट्स गुड...

[मैनेजर का प्रस्थान। कुमार अपनी जगह बैठ जाता है। सामने देखता रहता है।]

कुमार : *(अपने-आप)* कोमल अंगों वाली, मैंने जो तुम्हारा अपमान किया था/उसका दुख अब अपने मन से निकाल दो।/जाने क्या था,/ जिससे वह घना अँधेरा/मेरी स्मृति पर घिर आया था...

[अंधकार]

दृश्य 3

[पूर्वाभ्यास की जगह। सारे कलाकार कुमार की अगवानी में पंक्तिबद्ध कसरत कर रहे हैं। टाइगर दुखी है, लेकिन विवश होकर किए जा रहा है।]

टाइगर : *(धीमे स्वर में)* ओ गॉड, जोड़-जोड़ दुखने लगा।

चमन : रोते क्यों हो, बेटा! यह भी तो मैथड में है।

[कुछ क्षणों के बाद कुमार रुक जाता है।]

कुमार : बस...चलिए, रिहर्सल शुरू...

टाइगर : नहीं सर, घंटे भर आराम कर लेने दीजिए।

कुमार : *(मुस्कराता है)* बस, थक गए! *(किसी अभिनेता की तोंद पर थपकी मारता है)* एक्टर के लिए फिजिकल डिसिप्लिन बहुत जरूरी है। रोजाना कसरत, कम खाना, जल्दी सोना, जल्दी उठना...चलिए पेज उन्नीस...शकुंतला, प्रियंवदा और अनसूया...

[बीच में ही एक मजदूर का सीढ़ी, कूची और बाल्टी लिए प्रवेश।]

मजदूर : *(जोर से)* कल हियां कुछ परोगराम है, तो मंतरी जी बोले, फटाफट पुताई कर दो। अब आप लोग खतम करो अपनी रामलीला...

चमन : *(आगे बढ़ते हुए)* अरे यार, क्या दोस्ती में...

[कंधे पर हाथ रख उसे समझाते हुए बाहर ले जाता है। कुमार भी पीछे जाता है। कलाकार अलग-अलग समूहों में बँट जाते हैं।]

कनक : क्या लिस्ट बन रही है मंदाकिनी?

मंदाकिनी : महीने भर की बम्पर शॉपिंग करनी है आज। सूखे मेवे, फल, मक्खन, पनीर, जैम, बियर...कोई मानेगा नहीं, हमारे घर ढाई लोगों का खाने का खर्च ही पाँच हजार रुपया महीना है।

रेखा : आप बहुत चुप-चुप हैं आज?

निरंजन : अपने अंदर का शोर सुन रहा हूँ।

मंदाकिनी : *(टाइगर से)* आज आप फिर लेट हो गए?

[टाइगर अपने अगले संवाद में रेखा को प्रभावित करने के चक्कर में है, लेकिन रेखा उदासीन ही रहती है।]

टाइगर : वो ऐसा हुआ कि मार्लिन ब्रेंडो का फोन आ गया था।

मंदाकिनी : *(हँसती है)* अच्छा...

टाइगर : बोला, एक फिल्म बना रहा हूँ। उसमें एक बहुत इम्पोर्टेंट रोल के लिए पहले मैंने अल पंचीनो से बात की थी। पर वो बोला कि मैं कर नहीं पाऊँगा। तुम टाइगर से बात करो। टाइगर की जो रेंज है...

मंदाकिनी : तो क्या कहा आपने?

टाइगर : मैंने कहा, यार ब्रेंडो, मैंने शकुंतला की रिहर्सल शुरू कर दी है। एंड यू नो, कमिटमेंट इज कमिटमेंट...तो पुराने दिनों का वास्ता देने लगा। हम लोग एक्टर्स स्टूडियो में साथ-साथ थे। दरअसल वो मेरा बड़ा एहसानमंद है। टैनेसी ने उन दिनों नया नाटक लिखा था—स्ट्रीटकार नेम्ड डिजायर। उसने मेरे घर के बहुत चक्कर काटे, तो मैंने कज्जू से बात की।

मंदाकिनी : कज्जू?

टाइगर : इलिया कजान। वो बोले, तुम हीरो का रोल करो, तो मैं डायरेक्ट कर दूँगा। मैंने हाँ कर दी। ब्रेंडो मेरा अंडरस्टडी था। शो से एक दिन पहले उसने मेरे आगे हाथ जोड़ दिए कि आपको तो रोजाना एक चांस मिल जाता है। मैं यहाँ सालों से सड़ रहा हूँ। बस, अगले दिन शो से पहले टाइगर गायब...यू नो, फ्रैंडशिप इज फ्रैंडशिप...

[मंदाकिनी खिलखिलाती है। कुमार और चमन वापस आते हैं।]

कुमार : हाँ, चलिए।

[कनक, रेखा और मंदाकिनी अपनी जगह लेती हैं। रेखा और मंदाकिनी के अभिनय में शहरी आभिजात्य है।]

रेखा : क्यों शकुंतला, कमलिनी के पत्तों की हवा से कुछ सुख मिल रहा है?

कनक : *(आश्चर्य से)* तुम लोग मुझे हवा कर रही हो?

[रेखा और मंदाकिनी की दृष्टि मिलती है।]

मंदाकिनी : देख, तेरे मन की बात तो हम नहीं जानतीं...

कुमार : *(टोककर)* देखिए, ये ऐसी लड़कियाँ हैं, जो दौड़कर बस नहीं पकड़तीं, जिन्हें लाल बत्ती होने पर रुकना नहीं पड़ता। जिन्हें न ट्रैफिक जाम का पता है, न नींद की गोली का। न कोकाकोला की जानकारी है, न रूज और लिपस्टिक की।...कल्पना कीजिए कि यहाँ पेड़ लगे हैं...मौलिश्री, कदंब, अशोक...यहाँ फूलों की क्यारियाँ हैं—कुरबक, शिरीष, मल्लिका...यहाँ उन पर बेलें छायी हैं और नीचे दीर्घापांग नाम का हिरन उछल-कूद रहा है...यहाँ झरने की कलकल सुनाई दे रही है...पीछे कोई मुनि रामायण का पाठ कर रहा है...ऊपर यज्ञ का धुआँ फैला है और ऐसे में बात कर रही हैं ये तीन भोली-भाली लड़कियाँ...

[परवर्ती संवादों में रेखा और मंदाकिनी का अभिनय कुछ सँभल जाता है।]

मंदाकिनी : देख, तेरे मन की बात तो हम नहीं जानतीं लेकिन ऐतिहासिक कथा-काव्यों से जैसा कुछ जाना-सुना है, वैसी ही तेरी अवस्था जान पड़ती है। तो बता, तेरे इस कष्ट का वास्तविक कारण क्या है?

कनक : तुमसे नहीं, तो और किससे कहूँगी...जब से तपोवन के रक्षक उस राजर्षि पर दृष्टि पड़ी है...

रेखा : अनुरूप वर के लिए ही तेरे मन में कामना जागी है।

मंदाकिनी : एक महानदी सागर को छोड़कर और कहाँ जा सकती है।

[दोनों कनक के आसपास चिंतित भाव से एकाध चक्कर काटती हैं।]

रेखा : मेरे विचार में इससे एक प्रेमपत्र लिखवाना चाहिए।

मंदाकिनी : तो एक अच्छा-सा गीत लिख दे।

कनक : *(लाज से)* एक गीतिका मैंने सोच ली है।

रेखा : यह कमलिनी का पत्ता है न, तोते के पेट की तरह कोमल। इसी पर अपने नखों से लिख डाल।

कनक : *(लिखने का अभिनय करते हुए)* तो सुनो।

रेखा, मंदाकिनी : *(मुस्कराकर)* हम सुन रही हैं।

कनक : तेरे मन की बात मैं नहीं जानती निष्ठुर, लेकिन मेरे मन को रात-दिन प्रेम की ज्वाला बुरी तरह तपाती है।

[कुमार पास आ जाता है]

कुमार : प्रेम की ज्वाला तुम्हें केवल तपाती है/लेकिन मुझे वह पूरी तरह जलाए देती है/चढ़ता दिन चाँद को जिस तरह जलाता है/उस

तरह कमलिनी को नहीं।

मंदाकिनी : ओह आप...

रेखा : स्वागत है आपका!

[कनक उठने का यत्न करती है।]

कुमार : नहीं नहीं, उठो मत।

मंदाकिनी : *(कनक के बगल की ओर संकेत करते हुए, मुस्कान से)* आप यहाँ बैठें।

[कुमार बैठता है।]

कुमार : आपकी सखी को बहुत कष्ट तो नहीं?

रेखा : *(मुस्कान से)* अब औषध मिल गई है। ठीक हो जाएगी।

[कनक लजाती है। रेखा और मंदाकिनी के बीच मुस्कान का आदान-प्रदान होता है।]

मंदाकिनी : देख प्रियंवदा, वह बेचारा हिरन का छौना अपनी माँ को ढूँढ़ रहा है।

[बाहर को बढ़ती है।]

रेखा : बहुत चंचल है यह! तुझ अकेली से सँभलेगा नहीं।

[रेखा उसके पीछे जाती है।]

कनक : अरे, कहाँ चली? देखती नहीं, मैं अकेली हूँ यहाँ?

[दोनों तनिक-सा झाँकती हैं।]

रेखा : *(हँसकर)* राजर्षि तेरे पास हैं।

मंदाकिनी : *(वैसे ही)* फिर तू अकेली कैसे?

कनक : *(आशंका से)* अरे, ये तो सचमुच चली गईं।

कुमार : आपको डरना नहीं है। सिर्फ दिखावा करना है, इस एहसास के साथ कि दुष्यंत को पता चले कि कोरी एक्टिंग है।

कनक : अरे, ये तो सचमुच चली गईं।

[उसमें फिर गहरी आशंका आ जाती है।]

कुमार : शकुंतला रिलेक्स्ड है। वो दुष्यंत के साथ अकेली होना चाहती है। चूँकि वो सरल और भोली है, उसने पहली बार प्यार किया है, इसलिए वो दुष्यंत के ऊपर भरोसा करती है। इस भरोसे के जाहिर होने की शुरुआत होती है इस लाइन से...अरे, ये तो सचमुच चली गईं...यानी बचपन की जानी-पहचानी सहेलियाँ चली गईं, पर तुम तो हो, जो चार दिन में ही उन दोनों की बनिस्पत कहीं ज्यादा अपने हो गए हो।...और तीन पन्ने के बाद इस विश्वास का दूसरा छोर है...मैं ठीक से देख नहीं पा रही। हवा

में उड़कर कर्णफूलों का पराग आँखों में पड़ गया है, जिससे आँखें धुँधला गईं हैं।...और दुष्यंत कहता है, अनुमति दो तो मैं फूँक मारकर निकाल दूँ।

[कनक शकुंतला की जगह आती है।]

कनक : *(मंदाकिनी से)* क्यू दो।

मंदाकिनी : फिर तू अकेली कैसे?

कनक : अरे, ये तो सचमुच चली गईं?

[कनक फिर भी विश्वास की भावना अभिव्यक्त नहीं कर पाती। कुमार अपना गुस्सा दबाते हुए दुष्यंत का संवाद बोलता है।]

कुमार : घबराओ नहीं, उनके स्थान पर तुम्हारा यह सेवक उपस्थित है। ...लाल कमल-से दोनों पाँव/गोद में लेकर धीरे-धीरे दबाऊँ/जिससे तुम्हें कुछ सुख मिल सके?

कनक : न, एक सम्माननीय व्यक्ति को ऐसे काम में लगाकर मैं अपराधिनी नहीं बनूँगी।

कुमार : धूप में निकलकर कैसे जाओगी तुम?

कनक : छोड़ो मुझे। मैं अपने अधीन नहीं!

[कुमार संतुलन छोड़कर बीच में ही बरस पड़ता है।]

कुमार : अपने अधीन नहीं, यानी तुम्हारे अधीन हूँ।...इतनी साफ तो लाइन है।...अपने को क्यों जंजीरों में जकड़ रखा है आपने? अपने को आप ढीला नहीं छोड़ सकतीं? दूसरे पर विश्वास नहीं कर सकतीं?...मैं अपने अधीन नहीं, बोलते हुए आप देखती हैं नीचे। जैसे चिकनी खोपड़ी वाले किसी मुनि से हिंगोट का तेल लाने को बोल रही हों। दुष्यंत की आँखों में देखिए, अपनी आँखों से कहिए कि मैं अपने अधीन नहीं। खुदा ने जो ये इतने बड़े-बड़े दीदे दिए हैं आपको, ये सबसे ज्यादा तो प्यार में ही काम आते हैं। आपने अपनी आँखों का इस्तेमाल नहीं किया कभी? आपने प्यार नहीं किया कभी? *(क्षणिक विराम)* आधे मिनट बाद शकुंतला की आँखों में पराग गिर जाता है, तो दुष्यंत कहता है कि इजाजत दो, तो मैं फूँक मारकर निकाल दूँ।...दोनों को पास लाने के लिए आँखें ही क्यों चुनीं कालिदास ने?...घुटना क्यों नहीं?...*(अपने पैर का पंजा ऊपर उठाते हुए)* यह खुर क्यों नहीं?...क्योंकि कालिदास विश्वास करने की सबसे बड़ी कसौटी मानते हैं आँखें।...क्यों? *(मौन)* बताए कोई? क्यों?...सिर्फ अपना रोल पढ़ते हैं सब? पूरा नाटक पढ़ने और समझने की मुसीबत

नहीं मोल लेता कोई?

[विराम]

कुमार : देखिए, पेज इकतालीस... राजमहल में दुष्यंत एक तस्वीर बना रहा है। वो मालिनी नदी बनाता है, जिसके किनारे हंसों के जोड़े किलोल कर रहे हैं...एक पेड़ बनाता है, जिसकी टहनियों पर वल्कल लटक रहे हैं।... *(आलेख से पढ़ता है)*...और उसके नीचे/काले हिरन की बायीं आँख के पास/धीरे-धीरे अपने सींग से खुजलाती/एक भोली-सी हिरनी... *(कलाकारों को देखता है)* हिरन की आँख के पास खुजली हुई और उसे हिरनी मिटाने लगी अपने सींग से। जरा-सी चूक हो या हिरनी आजकल की बीवी की तरह हो, तो वो अपना सींग हिरन की आँख में घोंप दे।...लेकिन नहीं, किनारे की हरियाली देखता हुआ हिरन इत्मीनान से बैठा है और एक समर्पित पत्नी की तरह हिरनी पति की सेवा कर रही है। बिलकुल ऐसा ही गहरा विश्वास और समर्पण है शकुंतला के मन में जो उसने दुष्यंत के सामने चेहरा झुका दिया कि लो, फूँक मारकर पराग निकाल दो।... *(कनक से)* ऐसा विश्वास सामने लाना है आपको, ऐसा विश्वास और उसकी सुंदरता...शकुंतला के मन की, भावनाओं की और पूरे व्यक्तित्व की सुंदरता...जब तक ऐसा नहीं होगा, उसकी ट्रेजिडी में गहराई कैसे आएगी?... स्ट्रीटकार नेम्ड डिजायर पढ़ा है? क्या नाम है उसकी हीरोइन का?

[कनक नीचे देखने लगती है।]

निरंजन : ब्लांश।

कुमार : उसकी बड़ी बहन स्टेला कहती है, नो बडी वाज टेंडर एंड ट्रस्टिंग एज शी वाज...यह है शकुंतला के किरदार की कुंजी—कोमलता और विश्वास करना... *(फिर क्रोधित हो जाता है)* टेनेसी विलियम्स को मालूम है शकुंतला की स्पाइन और आपको नहीं मालूम? ...अगर महसूस करने का माद्दा नहीं तो आती क्यों हैं नाटक में काम करने?...जाइए, शादी करके गोलमटोल बच्चे पैदा कीजिए और मियाँ के इन्क्रीमेंट से लौ लगाइए।

[आलेख फेंकते हुए बाहर निकल जाता है। कलाकार स्तब्ध हैं। आहत कनक रेखा के कंधे पर सिर रखती है। रेखा सांत्वना की बाँह से उसे घेर लेती है।]

[अंधकार]

दृश्य 4

[कुमार का कमरा। चारपाई। मेज-कुर्सी। किताबों का रैक। अँधेरे में कुमार का प्रवेश।]

कुमार : अकेले, अँधेरे घर में घुसना...बिजली का बटन टटोलना... रोशनी...

[प्रकाश होता है।]

कुमार : सुबह का निकला/आधी रात को लौटता है अकेला आदमी।/कमरे में उसके बेहद अकेलेपन की गंध है।/ताला खोलने से लेकर/बत्ती जलाने के बीच तक का वक्फा/इसमें वो अपनी जिंदगी का जायजा लेता है/और रोशनी होने पर कमरे का। सब कुछ वही है/वैसा ही/जैसा सुबह छोड़ा था/अखबार, कमीज, चाय का प्याला।/कमरे और अपने भीतर का भुतहा सन्नाटा तोड़ने के लिए/अकेला आदमी अपने आपसे बात करता है/तो कुमार बाबू, क्या हालचाल हैं? बस, यों ही...चुभता है कमरे में अकेले घुसना/और मन मारे रहना/अपनी मजबूरियों और सपनों के साथ...तो क्या करूँ? सो जाऊँ?

[बिस्तर पर गिर जाता है। तत्क्षण अंधकार। विराम।]

कुमार : नींद नहीं आती...

[प्रकाश]

कुमार : शकुंतला, मुझे नींद नहीं आती। क्यों मुझे ऐसे बराबर दुःख सहना पड़ रहा है। हर समय जागते रहने से/सपने में भी उससे मिलना संभव नहीं।/और उसका चित्र सामने है तो/उमड़ते आँसू इसे भी ठीक से देखने नहीं देते।/क्या करूँ? ऐ गमेदिल, क्या करूँ? ऐ वहशते दिल, क्या करूँ?/...रहना है या नहीं रहना है, यही सवाल है। अच्छा क्या है, जालिम तकदीर के तीरों की चोट मन-ही-मन सहना या मुसीबतों के समुंदर के खिलाफ हथियार उठाना और लड़कर उनका खात्मा कर देना? मर जाना, सो जाना,

और बस। काश! हम एक नींद लेकर कह सकते कि सीने में अब कहीं दर्द नहीं और न वो हजार चोटें जिंदगी की, जो इस हाड़-मांस के पुतले को विरासत में मिली हैं...कैसी मनचाही परिणति होती यह...मर जाना, सो जाना और संयोग से कभी कोई सपना देखना.../कहाँ गया। सब कुछ कहाँ चला गया। दिमाग में कितनी सारी चीजें किस तरह उलझ गई हैं। इटैलियन में खिड़की या छत को क्या कहते हैं, यह एक तो मुझे याद नहीं आ रहा...रोज कुछ-न-कुछ भूलती जा रही हूँ...जिंदगी फिसलती...जा रही है...फिर कभी नहीं लौटेगी...हम लोग कभी मास्को नहीं जा पायेंगे.../आसन्न पराजय वाली इस नगरी में/सब नष्ट हुई पद्धतियाँ धीमे-धीमे/यह शाम पराजय की, भय की, संशय की/भर गए तिमिर से ये सूने गलियारे जिनमें बूढ़ा भटका भविष्य याचक-सा/है भटक रहा टुकड़े को हाथ पसारे...

[एक पल निढाल बैठा रहता है। तुरंत अंधकार। फौरन अगला दृश्य शुरू होता है।]

दृश्य 5

[अँधेरे में दस्तक। प्रकाश होता है। कुमार सोया है।]

सेठानी : आठ बज गए, कुमार साब! अब तो उठ जाओ।

[कुमार उठता है। एक ओर जाकर दरवाजा खोलने का मूकाभिनय करता है। सेठानी का प्रवेश।]

सेठानी : गोपाल को भेज दिया सेठ जी ने जरूरी काम से बाहर। तो हम बोले, चलो, कुमार साब को दूध दे आवें।

[बोतल देती है।]

कुमार : ठहरिए, आपको गर्मागरम चाय पिलाता हूँ।

[एक ओर चला जाता है। सेठानी कमरे का जायजा लेती है।]

सेठानी : *(अपने-आप)* क्वाँरे आदमी का कमरा भी क्या चीज होवे है।

[कुछ उलटती-पलटती है। एक लिफाफा देखती है। विराम।]

सेठानी : *(पुकारकर)* कुमार साब!

कुमार : *(नेपथ्य से)* हाँ।

सेठानी : कमरे में झाड़ू तभी लगी थी न, जब मेरा टिकलू हुआ था?

[कुमार हाथ में चाय का डिब्बा लिए आता है।]

कुमार : मैं तो आपके यहाँ पपलू के आने का इंतजार कर रहा था।

सेठानी : क्यों, बबली तो आई थी पिछले बरस?

कुमार : अजी, लड़की के आने पर बस, किताबों की धूल झाड़ी जा सकती है, कमरे की सफाई नहीं हो सकती।

सेठानी : शादी कर लीजिए, कमरे की भी सफाई हो जाएगी और आपकी भी। ...नहाए हुए एक साल तो हो गया होगा?

कुमार : हाँ, पिछले गणतंत्र दिवस पर नहाया था।

[चला जाता है।]

सेठानी : आपको फिर से नहलाने के लिए किसी देश को आजाद कराना पड़ेगा।

[कुमार एक मग और एक गिलास लिए आता है।]

कुमार : *(गिलास आगे बढ़ाता है)* लीजिए।

[सेठानी गिलास लेती है।]

सेठानी : प्याला नहीं है?

कुमार : प्याले में शेविंग का पानी है।

सेठानी : क्यों? पहले इस मग में होवे था शेविंग का पानी?

कुमार : मग में परसों दही जमा लिया था।

सेठानी : छी छी...

कुमार : चाय तो पीजिए।

[दोनों घूँट लेते हैं।]

सेठानी : कल तो सारी रात बत्ती जलती रही आपकी?

कुमार : नींद नहीं आती।

सेठानी : शादी कर लीजिए। नींद भी आएगी और भूख भी लगेगी।

[विराम]

कुमार : एक बात बताइए।

सेठानी : क्या?

कुमार : बहुत दिनों से पूछना चाह रहा था, पर हिम्मत नहीं हुई।

सेठानी : *(आशंकित होकर)* पूछिए।

कुमार : आप बुरा तो नहीं मानेंगी?

सेठानी : नहीं।

कुमार : *(कुछ रुककर)* आप...।

सेठानी : *(आशंका से)* हूँ?

कुमार : सुखी हैं?

[सेठानी हँसती है]

सेठानी : मैं तो डर गई थी कि पता नहीं क्या पूछने वाले हैं आप।...मैं तो भौत सुखी हूँ।

कुमार : क्यों?

सेठानी : क्या मतलब, क्यों?...आदमी है, बच्चे हैं, मकान है, गाड़ी है।...आप जैसा भलामानुस किरायेदार है, जो हर पैली को किराया दे देता है।...सास मर चुकी है।

कुमार : आपको किसी तरह की कमी महसूस नहीं होती?

[सेठानी सोचती है।]

सेठानी : *(गिरे स्वर में)* कभी-कभी लगता है कि...

कुमार : *(आशान्वित हो)* क्या?

सेठानी : कि अगर जड़ाऊ चंद्रहार होवे मेरे पास तो...

कुमार : इसके अलावा आपको और कोई कमी महसूस नहीं होती?

सेठानी : क्या?

कुमार : *(आक्रामक हो)* जैसे आप किसी गलत जगह आ गई हैं, आपको कहीं और होना चाहिए था, कुछ और करना चाहिए था...कभी आपको सेठ जी अजनबी-से लगते हैं, कभी आप बच्चों को पहचान नहीं पातीं।

सेठानी : *(नाराज हो)* क्या उल्टा-सीधा बक रहे हैं आप!... मैं बच्चों को नहीं पहचानूँगी, तो अपने-आपको कैसे पहचानूँगी?

कुमार : *(एकटक सेठानी को देखते हुए)* कुछ भी ऐसा नहीं, जो सिर्फ आपके लिए हो ?...कोई खुशी, कोई छटपटाहट, कोई घुटन?

[सेठानी इनकार में सिर हिलाती है।]

कुमार : अच्छा, आपने किसी से प्यार किया है?

सेठानी : छी छी...

कुमार : मेरा मतलब है, शादी से पहले।

सेठानी : छी छी...

कुमार : अच्छा, तो आपने अपनी जिंदगी में सिर्फ सेठ जी से ही प्यार किया?

सेठानी : ब्याह किया।

कुमार : प्यार भी तो किया होगा?

सेठानी : छी छी...

[दोनों एक-दूसरे को तौलते हैं।]

कुमार : आपको आठ का पहाड़ा आता है?

सेठानी : *(तपाक से)* आठ एकम आठ, आठ दूनी सोला, आठ तिया चौबिस, आठ चौके बत्तिस, आठ पंजे चालिस, आठ छक्के अड़तालिस, आठ सत्ते छप्पन, आठ अट्ठे चौंसठ, आठ नवें बहत्तर, आठ धाम अस्सी।

[विराम। कुमार हारे हुए ढंग से अपना सिर खुजलाता है।]

सेठानी : अब मैं पूछूँ कुछ?

[कुमार प्रश्नात्मक दृष्टि से देखता है। सेठानी लिफाफा उठाकर दिखाती है।]

सेठानी : यह चिट्ठी आई पड़ी है। मुहर की तारीख है चार महीने पहले की।...आपने खोली नहीं?

[कुमार इनकार में सिर हिलाता है।]

सेठानी : क्यों?

कुमार : डर लग रहा है।

सेठानी : कैसा डर?

कुमार : कि अगर खोल ली, तो जवाब देना पड़ेगा और अगर जवाब देता गया, तो कोल्हू के बैल की तरह आठ के पहाड़े के जुए में जुतना पड़ेगा।

[विराम]

सेठानी : *(करुणा से)* आपका क्या बनेगा, कुमार बाबू?

कुमार : *(गहरी साँस लेता है)* मुझे भी नहीं मालूम।...दुष्यंत को मछुए के जरिए शकुंतला की अँगूठी मिल गई है। उसे याद आ गई है अपनी ज्यादती। इसी कचोट में उसने वसंत का उत्सव रोक दिया है...आम की कलियाँ/बहुत दिनों से निकली हैं/फिर भी अभी तक उन पर पराग नहीं आया/कुरबक की कोंपलें कब से फूटी हैं/पर अभी तक वे वैसे ही/कोंपलें बनी हैं/शिशिर बीत गया/फिर भी युवा कोयलों का संगीत/उनके गले में ही रुँधा है/और लगता है कि स्वयं काम भी/अपने तरकस से आधा निकला बान/जहाँ का तहाँ रोके/चकित-सा खड़ा देख रहा है...

दृश्य 6

[पूर्वाभ्यास की जगह। कनक अकेली बैठी है। आलेख लिए अपने संवाद दुहरा रही है। विराम। कुमार का प्रवेश। कनक को देखकर चौंक जाता है। पास आता है। बैठता है। विराम।]

कुमार : कल के अपने बर्ताव के लिए मुझे अफसोस है।

कनक : *(कुछ रुककर)* बात यह है कि एक बार विश्वास करके चोट खा चुकी हूँ मैं!

[दोनों की दृष्टि मिलती है। विराम। कनक अपने पर्स से एक कपड़ा निकालकर दिखाती है।]

कनक : शकुंतला की कौस्ट्यूम में यह चलेगा?

[कुमार देखता है।]

कुमार : ठीक है।

कनक : और?

कुमार : और फूलों के गहने... क्या है शकुंतला ?...नवमालिका का फूल, ओस की बूँद, सावन की पहली बौछार...

कनक : *(उदास मन से)* यानी थोड़ी-सी देर टिकने वाली...

कुमार : लेकिन उतनी ही देर में कितनी गहराई से असर करने वाली...

[कुछ पलों बाद कनक कुमार से मिली दृष्टि हटा लेती है। विराम।]

कनक : *(धीरे-धीरे)* कल रात अचानक मेरी नींद टूट गई। छत पर चली गई मैं...और डायलॉग दुहराने लगी। राजमहल में शकुंतला की आखिरी लाइन है, इस धूर्त ने मुझे धोखा दिया और अब तुम लोग भी मुझे छोड़कर जा रहे हो। फिर वो रोती हुई बाहर निकल जाती है। इसके बाद तो शकुंतला की एंट्री भरत और दुष्यंत के सामने ही है। लेकिन मैं सोचती रही इस एंट्री से पहले शकुंतला की जिंदगी के बारे में...कि अपनी झोंपड़ी में कैसे रहती होगी

वो? आँसू तो अब खतम हो चुके हैं। जिसे कहते हैं मन से बराबर खून बहना—स्लो ब्लीडिंग ऑफ द सोल—उसे महसूस करती है वो, हर पल, हर घड़ी। और ऐसी ही किसी चाँदनी रात को, जब एकाएक उसकी नींद टूट जाती है, बाहर आ खड़ी होती है वो। पूरे चाँद की रात, जब नींद नहीं आती। दॉस्तोएवस्की ने ऐसी ही रात को नाम दिया है—सफेद रात।...हल्की हवा में हिलते पेड़ों के पत्ते, गहरी खामोशी में गुँथी फूलों की खुशबू... और शकुंतला उस एक लमहे को कोसने लगती है, जब उसने शची तीर्थ में नहाया था...रोज तो नहाती थी। दिन में दो-दो बार *(बलपूर्वक)* आखिर वहाँ न नहाती, तो कौन-सा पहाड़ टूट पड़ता?...आँखों में सारी रात काटने की बजाय इस वक्त राजमहल में अपने बिस्तर पर होती—पति से सटी, उसकी बाँह पर सिर रखे...

[विराम]

कुमार : कल रात मैं भी सोचता रहा—दुष्यंत के बारे में। आपकी नींद तो कल ही अचानक टूटी है। मुझे तो अकसर रात-रात भर नींद नहीं आती। मैं छज्जे पर खड़ा था...पूरे चाँद की रात...और मुझे लगा, वहीं कहीं दुष्यंत भी है—अपने प्रमोद वन में। मछुए की दी अँगूठी उँगली में...इस हालत की जिम्मेदारी तो शकुंतला की है, क्योंकि दुर्वासा का शाप तो उसी पर था। लेकिन दुष्यंत से कौन-सी गलती हुई? उसे इतना दुःख क्यों सहना पड़ा?

कनक : शकुंतला के मुकाबले दुष्यंत का दुःख क्या है?

कुमार : दुःख को दुःख से नापने की कसौटी क्या है?

कनक : और जो बेइज्जती शकुंतला ने सही, उसका हिसाब कौन रखेगा?

कुमार : दुष्यंत की बदनामी उससे कम नहीं। मारीच के आश्रम में तापसी कहती है, ऐसे व्यक्ति का नाम कौन मुँह पर लाए, जिसने अपनी पत्नी को छोड़ रखा हो।

कनक : दुष्यंत को दर-दर की ठोकरें तो नहीं खानी पड़ीं, लोगों की दया तो नहीं झेलनी पड़ी, अपने बड़े होते बेटे के बाप के बारे में पूछे सवालों से तो नहीं जूझना पड़ा?

[रेखा और निरंजन का प्रवेश।]

कुमार : हाँ, दुष्यंत राजमहल में है—सारी सहूलियतों से घिरा। लेकिन आठों पहर कलेजे में चुभी जो फाँस है, उसे समझने वाला भी कौन है?

कनक : *(मुस्कान से)* आप इसलिए तो बचाव नहीं कर रहे दुष्यंत का कि आप खुद यह रोल कर रहे हैं?

कुमार : रोल नहीं, प्रॉक्सी।

[क्षण भर दोनों की निगाह मिली रहती है। अगले संवाद के दौरान कुमार स्टूल आदि यथास्थान रखता है। चमन आकर कुमार की सहायता करने लगता है।]

निरंजन : कल रात मुझे देर तक नींद नहीं आई।

रेखा : क्यों?

निरंजन : मेरी खिड़की के सामने एक झोंपड़ी है। उसके पीछे एक दड़बा है, जिसमें आजकल मुर्गी-मुर्गे का एक जोड़ा रहता है। वे एक-दूसरे को बिलकुल वैसे ही चोंचें मारते हैं, जैसे ह्यूमन मियाँ-बीवी...

[मंदाकिनी और टाइगर का प्रवेश। अभिवादन का आदान-प्रदान होता है।]

कुमार : चलिए, राजमहल का सीन...निरंजन, मंदाकिनी, शार्गंरव और गौतमी की प्रॉक्सी कर दो।

मंदाकिनी : आधे से ज्यादा लोगों की तो प्रॉक्सी हो रही है।

कुमार : क्या करें! इतने गैरजिम्मेदार लोग हैं।

[निरंजन, मंदाकिनी और कनक मंच का एक चक्कर लगाते हैं। कुमार अपनी जगह ले लेता है।]

निरंजन : तुम्हारी विजय हो, राजा!

कुमार : वहाँ से लीजिए, जहाँ अँगूठी नहीं मिलती।

[कनक का चेहरा घूँघट से छिपा है। निरंजन मुझे वहाँ होना चाहिए कहते हुए अपनी जगह बदल लेता है।]

कनक : अच्छा, अगर सचमुच आप मुझे परायी स्त्री समझकर ऐसा कह रहे हैं तो मैं एक निशानी दिखाकर आपकी आशंका दूर कर देती हूँ।

कुमार : बिलकुल ठीक।

[कनक अनामिका में अगूँठी की जगह छूती है। फिर उँगली देखती है।]

कनक : अरे, अँगूठी कहाँ गिर गई?

मंदाकिनी : लगता है, शची तीर्थ में नहाते समय उँगली से फिसल गई है।

कुमार : *(मुस्कान से)* इसी को तो स्त्रियों की सूझ-बूझ कहा जाता है।

कनक : मैं आपको और याद दिलाती हूँ...वह एक दिन की बात है न जब कमलिनी-पत्र के दोने में भरा पानी आप अपने हाथ में लिए

थे। तव हिरन का छौना हमारे पास चला आया था। आपने उसे अपने पास बुलाया कि वह पहले पानी पी ले। पर वह आपको नहीं जानता था, इसलिए आपके पास नहीं आया। पर जब वही पानी मैंने अपने हाथ में लिया, तो वह पीने के लिए मचलने लगा। तब आपने हँसकर कहा था कि सब लोग अपनों पर ही भरोसा करते हैं। तुम दोनों ही वन में रहने वाले हो न!

कुमार : काम निकालने के लिए ऐसी मीठी और झूठी बातें...

कनक : *(क्रोध से)* अनार्य, जैसा तुम्हारा मन है, वैसा ही तुम हर एक को समझते हो। घास-फूँस से ढँके कुएँ की तरह तुम धर्म के बाने में अपना असली रूप छिपाए हो।

कुमार : देखो भद्रे, दुष्यंत की तो प्रजा में भी ऐसा काम कोई नहीं कर सकता।

कनक : धर्म क्या है और उसका पालन कैसे होता है, इसके जानकार और इसे सँभालने वाले आप ही लोग हैं। लज्जा से झुकी स्त्रियाँ तो इसके बारे में कुछ भी नहीं जानतीं।

निरंजन : राजा! हमने गुरु के आदेश का पालन कर दिया है और अब लौटकर जा रहे हैं। यह तुम्हारी पत्नी है, तुम इसे रखो या छोड़ दो, यह तुम्हारी इच्छा पर है।...चलो गौतमी...

[दोनों चल देते हैं।]

कनक : इस धूर्त ने मुझे धोखा दिया और अब तुम लोग भी मुझे छोड़कर जा रहे हो?

मंदाकिनी : *(निरंजन से)* अब यह बेचारी यहाँ क्या करेगी?

निरंजन : *(क्रोध से)* तू यह जान ले शकुंतला कि अगर राजा की बात सच है/तो तेरे जैसी कुलकलंकिनी का क्या होगा/हम नहीं जानते/और अगर तू समझती है कि तेरा आचरण पवित्र है/तो पति के घर में चाकर बनकर रहना भी तुझे स्वीकार होना चाहिए।

[निरंजन और मंदाकिनी का प्रस्थान। कनक एक बार कुमार को देखती है। फिर चली जाती है। कुमार के संकेत पर तीनों कलाकार उसके पास आते हैं।]

कुमार : *(कनक से)* आपके हिसाब से शकुंतला की स्पाइन क्या है?

कनक : किस्मत के चंगुल में फँसी, दुःख झेलने को मजबूर...उसकी पैदाइश ही किस्मत का खेल है। वो एक नॉर्मल शादीशुदा माँ-बाप की बेटी नहीं, बल्कि एक अप्सरा के एक मुनि को बिगाड़ने का नतीजा है। शकुंतला इज पर्सोनीफाइड कालामिटी...माँ या बाप,

किसी का साया नहीं मिला उसे। एक अनाथ की तरह पाला कण्व ने। दो दिन को दुष्यंत का साथ था, तो लगा कि चलो, इसके अच्छे दिन आए। पर नहीं, दुर्वासा का बिलकुल बेसिर-पैर का शाप और अँगूठी का गिरना...मजबूर हो बेचारी भाग्य को मानने लगती है। दुष्यंत साथ है और पेज बत्तीस पर शकुंतला कहती है, मैं आपसे कुछ नहीं कह रही, सिर्फ अपने भाग्य को कोस रही हूँ।...राजमहल में जब उँगली में अँगूठी नहीं मिलती, तब...यह तो भाग्य ने अपनी शक्ति दिखायी है... *(उदास मुस्कान से)* वो उँगली देखने से पहले जानती थी कि अँगूठी वहाँ नहीं होगी। और दुःख और गुमनामी के कितने अँधेरे साल बिताने के बाद जब दुष्यंत के मिलने पर बेटा पूछता है, यह कौन है माँ?...तो आँसूभरी आँखों से बेचारी जवाब देती है, मुझसे नहीं, अपने भाग्य से पूछ...

[विराम]

कुमार : जाने से पहले जब शकुंतला आखिरी बार मुड़कर दुष्यंत को देखती है, तो उसकी आँखों में क्या है?

कनक : गुस्सा।

कुमार : सिर्फ गुस्सा?...दुष्यंत उसकी जिंदगी में आया पहला आदमी है। दुष्यंत के ही जरिए उसने औरत और आदमी के रिश्ते को जाना है...उसकी गहराई, उसका रोम-रोम को सिहरा देने वाला सुख, उसका पोर-पोर को सुन्न कर देने वाला दुःख...उसने दुष्यंत के साथ अपनी जिंदगी के सबसे गहरे पल बिताए हैं...गुस्से से मिली-जुली यहाँ चाहिए अपनापन टूटने की कचोट...

कनक : ओ.के. ...*(शकुंतला की जगह लेती है।)* अनार्य, जैसा तुम्हारा मन है, वैसा ही तुम हर एक को समझते हो। घास-फूँस से ढँके कुएँ की तरह तुम धर्म के बाने में अपनी सच्चाई छिपाए हो।

[शकुंतला के प्रस्थान की गतियाँ लेती है। फिर वापस आती है।]

कनक : अब?

कुमार : अभी भी गुस्सा ही ज्यादा है। उसे थोड़ा कम करके चोट खाने का दुःख...शब्द थोड़ा रुक-रुक कर...

[कनक फिर शकुंतला की जगह लेती है]

कनक : अनार्य, जैसा तुम्हारा मन है, वैसा ही तुम हरएक का समझते हो। घास-फूँस से ढँके कुएँ की तरह तुम...*(रुक जाती है।*

बौखलाकर) क्या हो गया है मुझे! मुझे खुद लग रहा है कि मैं झूठा कर रही हूँ...यह मैनरिज्म मुझमें कैसे आ गया?

[क्षणिक विराम]

कुमार : आइए, आपके साथ मैं एक एक्सरसाइज करता हूँ...इफैक्टिव मेमोरी...

निरंजन : टाइगर जी, स्टानिस्लावस्की के मैथड में है।

कुमार : *(एक कुर्सी की ओर संकेत करते हुए)* यहाँ बैठिए।

[कनक बैठती है।]

कुमार : अपनी जिंदगी के कभी न भुलाए जा सकने वाले हादसे को याद कीजिए। हमें बताइए नहीं कि वो क्या है। सिर्फ उन लमहों की सेंसरी मेमोरी...बस, इतना याद कीजिए कि आपने क्या महसूस किया...

[मंच के प्रकाश के धीमे होने के साथ एक आलोक-वृत्त कनक पर उभरने लगता है। विराम।]

कनक : शाम...सूरज डूब चुका है...अँधेरे के साये गहरे हो रहे हैं...हवा में मिली-जुली है गंध...गीली घास की, फूलों की।...हर तरफ सन्नाटा है। परिंदों की चहचहाट भी अब बंद हो चुकी।...माहौल में एक तनाव-सा उभरने लगा है...हर पल बढ़ती हुई दिल की धड़कन...आँखें रास्ते पर लगी हैं, जहाँ सूखे पत्तों की परतें हैं... तभी पैरों की आहट सुनाई देती है...

[नील का प्रवेश। कनक उमंग से उसे थाम लेती है।]

कनक : बहुत देर लगा दी।

नील : जरूरी काम आ गया था।

कनक : इतनी परेशान हो गई थी मैं।

नील : क्यों? परेशान होने की क्या बात थी?

कनक : मुझे डर लग रहा था कि पता नहीं, क्या हुआ। कहीं टक्कर-वक्कर न हो गई हो।

[विराम]

कनक : रिजर्वेशन हो गया है?

नील : हाँ।

कनक : कब का?

नील : इतवार का।

[विराम]

कनक : घर से जवाब आया?

नील : *(ठहरकर)* नहीं।

कनक : पंद्रह दिन तो हो गये लिखे हुए?

[विराम]

कनक : कहीं ऐसा तो नहीं कि तुम्हारे घर वाले खिलाफ हों?

[विराम]

कनक : तुम मुझे मिला दो एक बार...हम लोग चलें वहाँ?...इतवार को तो तुम जा रहे हो। क्यों न कल सुबह चलें?

नील : *(कुछ रुककर)* मैंने घर कोई चिट्ठी नहीं लिखी।

कनक : तुमने मुझसे झूठ बोला?

नील : तुम इस तरह पड़ी थीं मेरे पीछे कि मेरे मुँह से झूठ निकल गया... और लिखा मैंने इसलिए नहीं कि अभी मैं शादी करना नहीं चाहता।

कनक : *(आहत होकर)* इसका मतलब तुमने यह भी झूठ कहा था कि तुम मुझे चाहते हो?

नील : मैं तुम्हें चाहता हूँ, ऐसा शादी के बिना सच नहीं हो सकता?

[कुछ पल दोनों की दृष्टि मिली रहती है।]

नील : मैं यह भी नहीं कह रहा कि शादी करूँगा ही नहीं। मैं थोड़ा वक्त और चाहता हूँ—अपने को टटोलने के लिए...कुछ महीने तुमसे दूर रहकर देखूँगा, महसूस करूँगा कि तुम्हारा साथ मेरे लिए कितना जरूरी है।

कनक : *(नरम क्रूरता से)* और अगर ज्यादा नहीं पाया गया, तो जाहिर है कि शादी का सवाल ही पैदा नहीं होता।

नील : *(कड़वाहट से)* तुम ठीक समझ रही हो।

कनक : मैं समझ रही हूँ कि तुम गिरगिट की तरह रंग क्यों बदल रहे हो।

नील : *(व्यंग्य से)* क्यों बदल रहा हूँ?

कनक : कि कलकत्ते में बेहतर नौकरी मिल रही है, तो तुम बेहतर मौकों के लिए अपनी आजादी बनाए रखना चाहते हो।

नील : अगर मैं ऐसा महसूस कर रहा हूँ, तो कहीं कुछ कमी है मेरे लगाव में। तब फिर मुझसे ऐसी उम्मीद क्यों रख रही हो जिसका पूरा होना...

[कनक आक्रोश से उसे देखती है।]

कनक : कितने नीच हो तुम...

[कनक का प्रस्थान। उसकी अंतिम गतियाँ राजमहल में

अपमानित शकुंतला के दृश्य जैसी हैं। प्रकाश-व्यवस्था पूर्ववत हो जाती है, जिसके बीच नील का प्रस्थान। कनक वापस जाती है।]

कुमार : चलिए...

[कनक, निरंजन और मंदाकिनी अपनी जगह पर आते हैं।]

कनक : इस धूर्त ने मुझे धोखा दिया और अब तुम लोग भी मुझे छोड़कर जा रहे हो।

मंदाकिनी : अब यह बेचारी यहाँ क्या करेगी?

निरंजन : शकुंतला, अगर तेरा आचरण पवित्र है, तो पति के घर में चाकर बनकर रहना भी तुझे स्वीकार होना चाहिए।

[निरंजन और मंदाकिनी का प्रस्थान। कनक एक बार कुमार की ओर देखती है। फिर अपनत्व टूटने का आहत भाव प्रकट करते हुए चली जाती है। दुष्यंत उसकी दिशा में देखता रहता है।]

[अंधकार]

दृश्य 7

[पूर्वाभ्यास की जगह। अँधेरे में चमन का गाना शुरू हो जाता है। प्रकाश होने पर कलाकार अलग-अलग समूहों में दिखाई देते हैं। कनक एवं कुमार एक साथ हैं।]

चमन : नहीं, कदम बढ़ाओ मत
शकुंतला, नहाओ मत
शची का तीर्थ ठीक है
तलाशे पुण्य ठीक है
ये दर्द का मुकाम है
फरेब का निजाम है
ज़रा कदम बचा के चल
ज़रा नज़र हटा के चल
बजाते खुद सवाब तू
अरे हाँ, लाजवाब तू
कण्व की दुख्तर है तू
जमीं का अख्तर है तू
इन पानियों की पाँत में
सितारे तेरी घात में
ये मातमी दहाना है
ये सोग का फसाना है।
इस चाल में तुम आओ मत
नहीं, कदम बढ़ाओ मत...

कुमार : भई, वो मछुए का रोल करने वाले नहीं आए अब तक?

चमन : बड़े आदमी हैं। और फिर बैचलर भी। एक-दो दिन में फुर्सत पाकर आ जाएँगे।

[अगले संवाद के बीच कुमार किसी और से बात करने लगता

है। कनक अपना आलेख खोलकर संवाद याद करने लगती है। रेखा के पास निरंजन आ जाता है।]

निरंजन : लो, एक कहानी सुनो।

रेखा : हूँ।

निरंजन : ऐसे-ऐसे एक राजकुमारी थी। वो बराबर शादी से इनकार करती थी। राजा की समझ में न आता कि आखिर बात क्या है। परेशान होकर उसने मंत्री से कहा। मंत्री ने छानबीन करने के बाद बताया कि राजकुमारी के महल की एक खिड़की जहाँ खुलती है, वहाँ से माली की झोंपड़ी दिखाई देती है। उस कंबख्त ने मुर्गा-मुर्गी का एक जोड़ा पाल रखा है और चौबीस घंटे उनकी नोक-झोंक देखकर ही राजकुमारी शादी से इनकार करती है।

रेखा : फिर?

निरंजन : राजा ने मंत्री से सलाह की और माली ने मुर्गा-मुर्गी की जगह कबूतर और कबूतरी का एक जोड़ा पाल लिया।

रेखा : *(मुस्कान से)* फिर?

निरंजन : हफ्ते भर बाद राजकुमारी शादी के लिए तैयार हो गई।

[कनक के अगले संवाद के बीच एक आलोक-वृत्त उस पर केंद्रित होने लगता है।]

कनक : तुम लोग मुझे हवा कर रही हो।...तुमसे नहीं तो और किससे कहूँगी। जब से तपोवन के रक्षक उस राजर्षि पर दृष्टि पड़ी है। ...एक गीतिका मैंने सोच ली है।...तो सुनो...तेरे मन की बात मैं नहीं जानती निष्ठुर, लेकिन मेरे मन को रात-दिन प्रेम की ज्वाला बुरी तरह तपाती है।...अरे, कहाँ चलीं? देखती नहीं, मैं अकेली हूँ यहाँ।...अरे, ये तो सचमुच चली गईं!...न, एक सम्माननीय व्यक्ति को ऐसे काम में लगाकर मैं अपराधिनी नहीं बनूँगी।...छोड़ो मुझे, मैं अपने अधीन नहीं।

माँ : *(नेपथ्य से)* कंकू...

कनक : हाँ, माँ...

[माँ का प्रवेश]

माँ : किससे बातें कर रही हो?

कनक : डायलॉग याद कर रही हूँ।

माँ : अच्छा-अच्छा...कौन-सा ड्रामा है?

कनक : शकुंतला।

माँ : ऐसे ही धार्मिक ड्रामे किया कर...*(भर्त्सना से)* पिछले महीने तू

सूर्य की अंतिम किरण करने वाली थी।

कनक : अच्छा माँ, तुम यह स्क्रिप्ट ले लो। मैं अपने डायलॉग बोलती हूँ जहाँ गलती हो, टोक देना।

[माँ पास आ बैठती है। आलेख देखती है।]

कनक : *(स्मृति के सहारे संवाद बोलते हुए)* प्रियंवदा, आर्यपुत्र से मिलने के लिए मन में बहुत उत्सुकता है। फिर भी आश्रम को छोड़कर जाने में इतना दुःख हो रहा है कि पैर आगे नहीं बढ़ रहे।...पिता, जाते हुए अपनी बहन माधवीलता से भी एक बात कर लूँ।... बहन माधवी, अपनी टहनियों की बाँहों से मुझे आलिंगन में ले लो। आज के बाद मैं तुमसे बहुत दूर हो जाऊँगी।...देखो अनसूया–प्रियंवदा, मैं, इसे तुम दोनों के हाथ में सौंपकर जा रही हूँ।...पर्णशाला के आसपास ही घूमने वाली यह गर्भवती हिरनी जब एक सलोने छौने को जन्म दे, तो यह समाचार मुझे अवश्य भिजवा देना।...अरे, यह कौन पैरों में लगा बार-बार मेरा आँचल खींच रहा है?...क्यों रोक रहा है छौने? मैं तो यह घर सदा के लिए छोड़कर जा रही हूँ...

माँ : *(आलेख में पढ़ते हुए दुःख से)* लड़की पराया धन है और आज उसे पति के यहाँ भेजकर मन से एक बोझ उतर गया है। लगता है, जैसे किसी की धरोहर आज लौटा दी हो *(सिसकती है)*।

कनक : *(नाराजगी से)* यह तो कण्व का डायलॉग है।

माँ : मुझे तो यह अपना डायलॉग मालूम पड़ता है, कंकू!

कनक : फिर तुमने अपना ड्रामा शुरू कर दिया?

माँ : अब नहीं करोगी, तो कब करोगी?

कनक : पता नहीं।

माँ : चंपा और चमेली के तो एक-एक बच्चा भी हो गया।

कनक : मेरी तरफ से चार-चार हो जाएँ।

माँ : रामस्वरूप में तुम्हें कौन-सी बुराई दिखाई देती है।

कनक : जिसमें बुराई दिखाई न दे, उससे शादी कर लो?

माँ : अच्छा, कुंदन के बारे में क्या राय है?

कनक : मुझे कुंदन के बारे में राय बनाने के अलावा और भी काम हैं कुछ।

माँ : अच्छा, गौरीशंकर तो इतना भला है।

कनक : *(नाराज होकर)* तो मैं क्या करूँ?

माँ : राम जाने, तेरी खोयी अँगूठी लेकर मछुआ कब आएगा!

[तत्काल चमन का गीत प्रारंभ हो जाता है। माँ का प्रस्थान। कनक पर का प्रकाश-वृत्त सामान्य आलोक-व्यवस्था में विलीन हो जाता है।]

चमन : कब दरवाजे की साँकल खटकाएगा?
समवेत : मेरे आँगन में मछुआ कब आएगा?
चमन : कितने साजन सुना कहानी चले गए
मुँदरी अपनी छोड़ निशानी चले गए
नहीं किसी ने मुड़कर भी देखा पीछे।
समवेत : कब आए मछुआ, सूखी खेती सींचे?
चमन : दो बच्चों की अम्मा हो गई प्रियंवदा।
अनसूया भी मिल जाती है यदा-कदा।
तीसरे को अपने कंधे से चिपकाए।
समवेत : मेरे आँगन में मछुआरे कब आए?
चमन : कण्व ऋषि ने गौतमी से नाता जोड़ा
दुर्वासा ने देख अप्सरा तप छोड़ा
आधी रात नटी का बजता है बिछुआ
समवेत : कब आएगा मेरे आँगन में मछुआ?

[अंधकार]

दृश्य 8

[कुमार का कमरा। दिन। कुमार कुछ पढ़ रहा है। दस्तक]

कुमार : *(जोर से)* दरवाजा खुला है।

[कनक का प्रवेश। कुमार चौंक जाता है।]

कुमार : तुम?

कनक : दफ्तर फोन किया था। मालूम हुआ कि बीमार हो।...बुखार है क्या?

कुमार : हाँ।

कनक : कब से?

कुमार : लंबे अर्से से।

[कनक उसके माथे पर हथेली रखती है।]

कनक : टैंपरेचर तो नहीं।

[कुमार अपने सीने की ओर संकेत करता है।]

कुमार : अंदर है।

कनक : *(मुस्कान के साथ)* अच्छा...कब तक रहेगा?

कुमार : जब तक बीमारी की छुट्टी है।

[कनक हँसती है।]

कुमार : एक मिनट...

[अंदर जाता है। कनक एक-दो किताबें उठाकर देखती है। कुमार आता है। हाथ में एक मग और एक गिलास। गिलास कनक की ओर बढ़ाता है। कनक ले लेती है।]

कनक : यहाँ कॉफी हमेशा तैयार रहती है।

कुमार : गर्म पानी गीजर से ले लिया।

कनक : *(मुस्कराकर)* गंदे...

[दोनों बैठते हैं। कुछ घूँट लेते हैं।]

कनक : इस तरह छुट्टी लेकर क्या करते हो।

कुमार : कुछ खास नहीं। ...पढ़ता हूँ, सोचता हूँ। बस चलता है, तो सोता हूँ।

कनक : *(कुछ ठहरकर)* मैं तो बहुत मजबूर होकर छुट्टी लेती हूँ...जैसे आज लेनी पड़ी।

कुमार : अब मेरे सचमुच बीमार न होने पर अफसोस हो रहा है?

[कनक मुस्कराती है]

कुमार : दफ्तर अच्छा लगता है?

कनक : हाँ!

[विराम]

कनक : सचमुच बीमार हुए हो कभी?

कुमार : हाँ।

कनक : तब कैसा लगा था?

कुमार : बेहद अकेला...

कनक : कल रात मैं सोचती रही शकुंतला के बारे में, वो तो इतनी भली, इतनी नेक थी—बेजुबान जानवरों और फूल-पत्तियों तक से प्यार करने वाली...फिर उसे इतना दुःख क्यों मिला?

कुमार : जिंदगी में बहुत कुछ गलत और ऊलजलूल होता है।

कनक : क्या बेचारी की तकदीर थी! आश्रम में अच्छी-खासी अपनी सहेलियों के साथ ठिठोली करते हुए पौधों को पानी दे रही थी... कि दुष्यंत पर रीझ गई।...*(अर्थपूर्ण दृष्टि से कुमार को देखती है।)* क्या देखा उसने दुष्यंत में?

कुमार : तुम क्या सोचती हो?

कनक : मुझे लगता है, शकुंतला को आदमी का कोई तजुर्बा तो था नहीं। हमेशा आश्रम में रही थी। हिंगोट के तेल से चिकनी खोपड़ी वालों के अलावा और कौन था वहाँ? दुष्यंत ही पहला ढंग का आदमी था, जो उसने देखा—देखने में अच्छा, लड़कियों के मामले में तेज...

कुमार : दुष्यंत से लगाव को अगर तुम शकुंतला की नातजुर्बेकारी के साथ जोड़ोगी, तो शकुंतला का चरित्र सतही नहीं हो जाएगा? राजमहल में शकुंतला का जो बर्ताव है, वो एक समझदार, संजीदा और ख़ुद्दार लड़की का है। अगर वो सिर्फ जिस्मानी तजुर्बे के लिए दुष्यंत की तरफ झुकती है, तो इस रुख का मेल राजमहल वाले सीन से कैसे होगा?...मुझे नहीं लगता कि भीतरी लगाव के बिना शकुंतला दुष्यंत की तरफ झुक सकती है।

कनक : लेकिन भीतरी लगाव के लिए दोनों में कुछ कॉमन भी तो होना चाहिए। कहाँ हिरन के मुँह के घाव से परेशान मासूम लड़की और कहाँ हिंदुस्तान की पेचीदी बागडोर थामने वाला राजा...

कुमार : पुरानी कहावत है कि विरोधी एक-दूसरे की तरफ झुकते हैं।... *(किताब उठाकर दिखाता है।)* तुमने गॉडफादर पढ़ी है?

कनक : कहाँ कालिदास और कहाँ...

कुमार : आदमी नाम के फितने कों समझने की कोशिश में पता नहीं क्या-क्या करना पड़ता है।...हाँ तो, गॉडफादर के एक दुश्मन का खून करने के बाद उसका सबसे छोटा बेटा माइकेल, अमेरिका से सिसली के एक अंदरूनी गाँव में बचाव के लिए भेज दिया जाता है। वो बहुत समझदार है; और संजीदा। अमरीका में उसकी गर्ल-फ्रेंड है। एक दिन जंगल में घूमते हुए छोटे-से गाँव तक जा पहुँचता है और अचानक उसकी निगाह अपोलोनिया पर पड़ती है। गाँव की सीधी-सादी, भोली-भाली लड़की...सिसिलियन कहावत के मुताबिक माइकेल पर बिजली टूट पड़ी...उसका मन बिलकुल बेकाबू हो गया—हर तरह के अंदेशे, तर्क और होशियारी से, परे...

कनक : फिर?

कुमार : उसकी जिंदगी का पहला मकसद हो गया अपोलोनिया को पाना, क्योंकि घने, लंबे बालों और बड़ी-बड़ी आँखों वाली वह लड़की उसके दिलोदिमाग पर छा गई, उसकी साँसों और उसकी धड़कनों के साथ ऐसे घुल-मिल गई कि सोते-जागते, उठते बैठते...

[कनक की ओर एकटक देखते हुए ठिठक जाता है। वह भी गहरी दृष्टि से कुमार को देख रही है।]

कनक : ऐसा हो सकता है?

कुमार : दोनों के बीच कुछ भी कॉमन नहीं था। अपोलोनिया माइकेल की जिंदगी में पहली लड़की नहीं थी और तो और, वो सिसिलियन भी टूटी-फूटी ही, बोल सकता था... लेकिन अपोलोनिया ने समझी उसकी आँखों की गहराई, उसका तनाव, लगाव...

[विराम]

कुमार : *(हल्की मुस्कान से)* तो?...अपोलोनिया और शकुंतला का किरदार समझ में आया?

कनक : *(मुस्कराती है।)* शकुंतला तो समझ में आ गई है, शायद थोड़ी पकड़ में भी। कुछ हिस्से हैं, जहाँ थोड़ी मुश्किल महसूस होती है।

कुमार : जैसे?

कनक : जैसे तीसरे एक्ट में वो सीन है—दुष्यंत के साथ।

[कनक शकुंतला की गतियाँ लेती है।]

कुमार : उसके चले जाने से लतामंडप कैसा सूना लगने लगा... *(नीचे देखता है। उठाने का मूकाभिनय करता है।)* उसकी कलाई से गिरा यह मृणालवलय/जिसमें उसके शरीर के लेप की गंध समायी है। यह वलय नहीं, एक साँकल है/जो उसने जाते हुए मेरे मन पर लगा दी।

कनक : ओह, वलय नीचे जा गिरा और मुझे पता भी नहीं चला।

[कुमार वलय को सीने से लगाने का मूकाभिनय करता है।]

कुमार : वलय इस दुखी मन से लगकर इसे जो धीरज दे रहा है, वही चाहा था इसने तुमसे, पर तुमने नहीं दिया।

[कनक कुमार के पास आती है।]

कनक : देखिए, आधे रास्ते में मुझे ध्यान आया कि मेरा वलय यहीं गिर गया है।

कुमार : एक शर्त पर लौटा सकता हूँ।

कनक : क्या?

कुमार : कि मैं इसे अपने हाथों से बाँधूँगा।

कनक : *(विवशता के अभिनय से)* ओह, अब और रास्ता ही क्या है?

[कुमार कनक का हाथ थाम लेता है। वलय बाँधने लगता है।]

कुमार : देखो, इसकी गाँठ ठीक नहीं। कहो, तो मैं दूसरी तरह से लगा दूँ।

कनक : *(मुस्कान से)* आपको जैसा ठीक लगे।

कुमार : वलय नहीं, यह दूज का चंद्रमा है, जो मृणाल के रूप में तुम्हारी श्यामलता-सी सुंदर कलाई में बँधकर/दोनों ओर से जुड़ जाना चाहता है।

कनक : मैं देख नहीं पा रही। कर्णफूलों का पराग आँखों में पड़ गया है।

कुमार : कहो, तो मैं फूँक मारकर निकाल दूँ।

कनक : बड़ी कृपा होगी...लेकिन मुझे आपका भरोसा नहीं।

कुमार : नहीं, ऐसा कुछ नहीं होगा। नया-नया सेवक स्वामी के आदेशों से आगे नहीं जाता।

कनक : इस नर्मी से ही तो भरोसा नहीं हो रहा।

कुमार : खंजन-सी आँखों वाली सुंदरी, हम कोई धृष्टता नहीं करेंगे।

[कुमार कनक की चिबुक पर उँगली रख उसका चेहरा ऊपर उठाता है।]

कुमार : *(स्वगत)* यह कोमल अधर/जिसने आज तक किसी तरह का दंश नहीं जाना/अब हल्के-हल्के काँप कर/मुझ प्यासे को रसपान की अनुमति दे रहे हैं...

कनक : लगता है, आर्यपुत्र को ठीक से पता नहीं चल रहा।

कुमार : हाँ, पराग के कारण आँखें ठीक से देख नहीं पा रहीं।

कनक : रहने दें, मुझे अब ठीक दिखाई दे रहा है। आपके इस उपकार का बदला न चुका सकी, इसके लिए लज्जित हूँ।

कुमार : तुम्हारा उपकार इतना ही है कि तुमने मुझे अपना मुँह सूँघ लेने दिया। भौंरे को संतोष केवल कमल की सुगंध पाकर ही हो जाता है।

कनक : *(प्रगल्भ हो)* और संतोष न हो, तो वह क्या करता है?

[कुमार कनक को अपनी बाँहों में ले लेता है। उसे चूमने को झुकता है। कनक की बाँहें उसे घेर लेती हैं।]

[अंधकार, मध्यांतर]

दृश्य 9

[पूर्वाभ्यास की जगह। सभी कलाकार उपस्थित हैं।]

निरंजन : एक ओर वनस्पतियों का प्राण-चंद्रमा अस्त होने को है/और दूसरी ओर अरुण-रथ पर आता सूर्य/निकलने को है।/एक ज्योति का क्षय, और दूसरी का उदय/यही एक नियम है। जिससे जीवन की परिस्थितियाँ बनती-बदलती रहती हैं।/और कमलिनी की वह सुंदरता/जो चंद्रमा के डूबने के पहले/आँखों को मुग्ध करती थी/अब केवल याद ही रह गई है।/सच, प्रिय के दूर चले जाने का दुःख/किसी से भी सहा नहीं जाता। बेरियों पर पड़ी ओस की बूँदों को प्रत्यूष ने रंग दिया है/अभी-अभी जागा मोर/घास की कुटी से बाहर आ रहा है/और वेदी के पास/अपने खुरों से खोदी धरती से यह हिरन/अँगड़ाई लेता/पीछे से ऊँचा होकर पैरों पर उठना चाह रहा है...

मंदाकिनी : रात बीत गई और भोर हो गई। अब जल्दी से उठ जाना चाहिए। पर जल्दी उठकर भी क्या करूँगी। क्या होगा अब? हमारी सीधी-सादी शकुंतला तो एक ऐसे व्यक्ति के साथ जुड़ गई है, जो उसे झूठी सौगंध देकर चला गया। पर यह तो दुर्वासा के शाप का प्रभाव है। तो उसे याद दिलाने के लिए वह अँगूठी भिजवा देती हूँ। पर दिन-रात तप का कष्ट सहने वाले इन तपस्वियों में से किससे ऐसी प्रार्थना की जाए? जहाँ एक ओर शकुंतला को दोष नहीं दिया जा सकता, वहाँ दूसरी ओर बाहर से लौटे तात कण्व को यह बताया भी कैसे जाय कि उसने दुष्यंत से ब्याह कर लिया है।

[रेखा आगे आती है]

रेखा : चल अनसूया, शकुंतला की विदाई देखेगी?

मंदाकिनी : *(आश्चर्य से)* यह कैसे?

रेखा : मैं अभी शकुंतला के पास गई थी यह देखने कि उसे ठीक से नींद आई या नहीं। वहाँ देखा कि वह लज्जा से सिर झुकाए खड़ी है और तात कण्व कह रहे हैं...

[मंच के दूसरे भाग में कनक और टाइगर खड़े हैं।]

टाइगर : यह मेरा भाग्य है बेटी कि आँखें धुएँ से रुँधी होने पर भी आहुति यज्ञ की आग में ही गिरी। आज ही मैं तुझे तेरे पति के पास भेज दूँगा।

मंदाकिनी : पर तात कण्व को यह मालूम कैसे पड़ा?

रेखा : वे हवन के लिए बैठे, तो एक स्वर सुनाई दिया...

[चमन नेपथ्य का आभास देता हुआ मंच के एक कोने पर है।]

चमन : *(ऊँचे स्वर में)* सुनो ब्राह्मण, तुम्हारी कन्या शंबा की टहनी की तरह आज अपने अंदर एक आग लिए है, क्योंकि संसार के कल्याण के लिए उसने दुष्यंत का बीज धारण किया है...

[कनक एवं कुमार की दृष्टि मिलती है, कुछ क्षणों मिली रहती है। सुदर्शन का प्रवेश।]

सुदर्शन : शकुंतला की रिहर्सल यहीं हो रही है?

चमन : ओह! सुदर्शन साब, आइए, आइए।

[सुदर्शन को मंच के एक ओर बैठा देता है।]

मंदाकिनी : कितना अच्छा हुआ। पर शकुंतला को आज ही भेज दिया जाएगा, इसलिए इस सुख में एक टीस भी है।

रेखा : हम अपने मन को किसी तरह समझा लेंगी, पर वह बेचारी तो वहाँ जाकर निश्चिंत हो।

मंदाकिनी : इसी दिन के लिए मैंने आम की डाली से लटकती इस नारियल की पिटारी में नागकेसर का पराग रख छोड़ा है। तू इसे कमलिनी के पत्ते पर डाल ले। मैं तब तक गोरोचन, तीर्थों की मिट्टी, और दूब की कोपलों से मंगल सामग्री तैयार करती हूँ...*(घड़ी देखती है।)* मैं चलती हूँ, कुमार साब!

कुमार : अभी से?

मंदाकिनी : अरे...आपको बताया नहीं था कि आज मेरी शादी की सालगिरह है। पति परमेश्वर डिनर के लिए बाहर ले जा रहे हैं।...*(सब पर एक सामान्य निगाह के साथ)* ओ.के. फोकस, गुडनाइट!

[मंदाकिनी का प्रस्थान। चमन सुदर्शन को लिए कुमार के पास आता है।]

चमन : मिस्टर सुदर्शन...मछुए के रोल के लिए बात हुई थी।

कुमार : हाँ-हाँ...*(दोनों हाथ मिलाते हैं।)* आइए, आपका सीन कर लें। अभी तक ब्लॉक ही नहीं हुआ। *(अपना आलेख देखता है।)* चमन रक्षक, टाइगर नागरिक...

टाइगर : बाप रे, फिर प्रौक्सी...

चमन : आ जाओ, यार!

[कुमार तीनों के खड़े होने की जगह बताता है।]

कुमार : ये पोजीशन है आप लोगों की...मछुए को दो हाथ मारता है रक्षक...ऐसे...

[कुमार अभिनय करके दिखाता है। चमन सुदर्शन पर वैसे ही प्रहार करता है।]

चमन : बोल, यह बड़ी-बड़ी चमकती मणियों वाली राजा की अँगूठी तूने कहाँ से ली, जिस पर उनका नाम भी खुदा है?

सुदर्शन : दया करो। ऐसा बुरा काम मैं नहीं करता।

चमन : नहीं, तू तो पूज्य ब्राह्मण है न, जिसे राजा ने यह दान में दे दी है।

सुदर्शन : मैं शची तीर्थ का रहने वाला मछुआ हूँ।

चमन : अरे, हम क्या तुझसे सारी बस्ती का नाम और तेरा वंश पूछ रहे हैं?

टाइगर : बीच में टोको मत।

चमन : जैसी बहनोई की आज्ञा!...बोल रे अब?

सुदर्शन : मेरे पास जाल, कँटिया और मछली पकड़ने का सब सामान है। उसी से मैं पेट पालता हूँ। तो एक दिन मैंने एक रोहित मछली पकड़ी। उसे काटकर टुकड़े किए। पेट में देखा, तो वहाँ यह बड़े-बड़े रत्नों वाली अँगूठी चमकती दिखाई दी। यहाँ उसे बेचने के लिए दिखा रहा था, तो इन लोगों ने पकड़ लिया। बस, इतनी ही इसकी कहानी है। अब आप मुझे चाहे मारें, चाहे कूटें।

टाइगर : यह अँगूठी मछली के पेट में रही है, इसमें संदेह नहीं। इसमें से मांस की गंध आ रही है। अब इस कहानी की जाँच करनी होगी। चलो, राजभवन चलें।

[टाइगर, चमन और सुदर्शन मंच का एक चक्कर लगाते हैं। कुमार अपनी जगह ले लेता है। तीनों उसके सामने आकर रुकते हैं। अभिवादन करते हैं।]

टाइगर : महाराज की जय! शची तीर्थ का रहने वाला यह मछुआ आपको

कुछ दिखाना चाहता है।

[मछुआ कुमार के निकट आता है। मछुआ अपनी खुली हथेली आगे बढ़ाता है। कुमार अँगूठी उठा लेता है। यहाँ-वहाँ से परखता है। स्तंभित हो जाता है।]

कुमार : *(आवेग से)* शकुंतला... *(विलाप करता है।)* हे प्रभु, मैंने यह क्या किया... *(अँगूठी ऊपर किए हुए)* अँगुलीय, उसकी उँगलियों के कोमल पोर छोड़कर/पानी में डूबते तुमसे बना कैसे? पर तुम तो अचेतन हो/इसलिए उसके गुणों को न पहचान सकीं,/मुझे यह पूछना अपने से चाहिए कि मुझसे उसे ठुकराया कैसे जा सका?

सुदर्शन : ओरिजिनल पढ़ा है मैंने। उसमें तो मछुआ दुष्यंत के सामने नहीं जाता।

कुमार : हाँ, पर मुझे लगा कि मछुआ नए सिरे से बनाता है—दुष्यंत और शकुंतला की जिंदगी, इसलिए उसकी अहमियत सामने आनी चाहिए...मछुआ सिंबल है, मछुआ गोडो है, जो आखिरकार आ जाता है।

निरंजन : सर, दरअसल यह नाटक गाँव और शहर का कंफ्रंटेशन है। जिंदगी बिलकुल सही थी, लेकिन जैसे ही शहर की हवा, यानी दुष्यंत, यानी पोल्यूशन आता है, आश्रम की आत्मा यानी शकुंतला की जिंदगी में जहर घुल जाता है। राजमहल से निकाले जाने के बाद उसे फिर पनाह कहाँ मिलती है? मारीच के आश्रम में... और आखिरकार वो गाँव का सीधा-सादा मछुआ है, जो उसे नये सिर से जिंदगी देता है।...यहाँ गाँव से मतलब लिट्रल नहीं। जो भी भले और भरोसा करने वाले हैं, उन्हीं से हमारी उम्मीद है, क्योंकि उनके दिल में नर्मी और अपनापा बरतने वाले कबूतर की धड़कनें हैं। वो शहर वालों की तरह कुकड़ूँ-कूँ गरजते हुए एक-दूसरे के ख़ून के प्यासे नहीं, बल्कि अपने पंजों को मुलायम फड़फड़ाहट से अकेलेपन को बर्दाश्त के लायक बनाते हैं।...यही तो है प्यार क़ा मतलब—जिस घाव से खून टपक रहा हो, उस पर मरहम से भीगा एक फाहा...माफ कीजिए, मैं बहक गया हूँ...शकुंतला...क्या है शकुंतला?...एक रिसता हुआ घाव...एक घुटी हुई चीख...एक अधूरे पते की चिट्ठी, जो डेड लेटर ऑफिस में दफन है...मैं उन सब चिट्ठियों का जवाब देना चाहता हूँ... मैं...

[दोनों हाथों में अपना मुँह छिपा लेता है। लोग एक-दूसरे को देखते हैं। उदास छोटू का सुस्ती से प्रवेश। सब उसकी उदासी लक्ष्य करते हैं।]

कुमार : अरे छोटू, क्या बात हुई?

[छोटू चुपचाप गिलास थमाता है।]

टाइगर : *(छोटू का हाथ थामते हुए)* बात तो सुनो, यार!

[छोटू धीरे से हाथ छुड़ा लेता है। गिलास देता जाता है। चमन गाना शुरू करता है। फिर टाइगर इत्यादि उसका साथ देते हैं।]

चमन : चेहरे की हँसी, लब का तराना उदास है?
छोटू उदास है, तो जमाना उदास है।
अफसुर्दगी से पुर हैं समुंदर की खलाएँ।
सहरा-सी निगाहों का बियांबां उदास है।

[अगला संवाद शुरू होने पर गाने वाले अपना स्वर नीचा कर लेते हैं। आत्मलीन कुमार अलग है। रेखा एक अतिरिक्त गिलास ले निरंजन के पास जाती है।]

टाइगर : *(रेखा से)* हे हाथी के बच्चे की सूँड़-सी जाँघों वाली, तुमने चाय पी ली?

रेखा : शटअप...

टाइगर : हाय, नवमालिका की कली को गरम पानी से सींच दिया!

[गाने के स्वर फिर उभरते हैं। सुदर्शन एक अतिरिक्त गिलास ले कनक के पास आता है। कनक धन्यवाद की मुस्कान से ले लेती है।]

कनक : चमन जी बता रहे थे कि दो बार आपने बड़े रोल मंजूर नहीं किए, पर इस नाटक में आप छोटे-से रोल के लिए भी आ गए।

सुदर्शन : एक तो मैं रोल की ड्यूरेशन नहीं देखता, बुनियादी ड्रैमेटिक एक्सपीरिएंस के साथ रोल का रिश्ता कितना नजदीकी है, यह देखता हूँ। दूसरे, मैं कालिदास के साथ बहुत आइडेंटीफाई करता हूँ।...तीन बरस पहले 'मेघदूत' के एडप्शन में मैंने कुबेर का रोल किया था। वो पूजा के फूलों में छिपे एक कीड़े के काट लेने पर इतना नाराज होता है कि फूल लाने वाले अपने मुलाजिम यक्ष को उसकी प्यारी बीवी से दूर भेज देता है... *(हल्की मुस्कान से)* दरअसल उन्हीं दिनों किसी ने मुझे चोट पहुँचायी थी। मैंने अपने किरदार को इस तरह इंटरप्रेट किया कि कुबेर ने प्रेम में

गहरी चोट खायी है और वह यक्ष से मनोवैज्ञानिक बदला ले रहा है। मेरे गुस्से, मेरी पत्थरदिली को काफी सराहा गया।

कनक : *(मुस्कान के साथ)* अगर आप 'शाकुंतल' में कण्व का रोल करते, तो शकुंतला के गंधर्व ब्याह की बात जानकर उसे दुष्यंत के पास नहीं भिजवाते, बल्कि हाथ-पाँव बाँधकर पूजा की कोठरी में बंद कर देते।

[सुदर्शन आँखों से कनक को तौलता है।]

सुदर्शन : अच्छा, अगर आप कुबेर का रोल करतीं, तो?

कनक : *(पल भर सोचकर)* यक्ष ने पहली बार ही तो भूल की थी। मैं उसे चेतावनी देकर माफ कर देती।

सुदर्शन : *(आश्चर्य से)* क्या कह रही हैं आप? 'मेघदूत' लिखा ही नहीं जाता?

कनक : *(संजीदगी से)* जब से मैंने शकुंतला को जाना है, मेरी नजरों में दर्द की इज्जत बढ़ गई है।

सुदर्शन : *(वैसे ही)* और मेरी नजरों में दर्द में डूबे हुओं की...

[दोनों अपेक्षाकृत गहरी दृष्टि से एक-दूसरे को देखते हैं। गाने के स्वर उभरते हैं।]

चमन : बुलबुल की सदा में लगे हैं दर्द के पैबन्द बागो बहार, मीना ओ पेमा उदास है।

[अब कुमार और कनक पास हैं।]

कुमार : अब क्या करें?

कनक : यह भी मुझी से पूछोगे?

कुमार : *(कुछ रुककर)* तुम क्या चाहती हो?

कनक : *(आवेग में)* मैं तुम्हें चाहती हूँ, मैं अपना बच्चा चाहती हूँ, मैं अपना घर चाहती हूँ।

[गाने की पंक्तियाँ दुहरायी जाती हैं, जिसके दौरान कुमार अपनी जगह ले लेता है गाना रुक जाता है। और संकेत करता है।]

कुमार : एक बार और ले लें—राजमहल में एंट्री से...

[टाइगर, चमन और सुदर्शन मंच का चक्कर लगाते हैं। कुमार के पास आते हैं। अभिवादन में झुकते हैं।]

चमन : महाराज की जय! शची तीर्थ का यह मछुआ महाराज को कुछ दिखाना चाहता है।

[सुदर्शन कुमार के पास आता है। सुदर्शन अपनी खुली हथेली

आगे बढ़ाता है। कुमार अँगूठी उठाने को होता है कि मैनेजर का तेजी से प्रवेश। यहाँ प्रकाश-व्यवस्था परिवर्तित होती है। मछुए के हाथ से अँगूठी ले लेता है।]

मैनेजर : *(आदेश के स्वर में)* शेयर होल्डर्स की मीटिंग की रिपोर्ट तैयार हो गई? मैंने आपसे तीन दिन पहले कहा था कि मुझे सोमवार को हर हालत में रिपोर्ट मिल जानी चाहिए, लेकिन मेरी समझ में नहीं आता कि आप करते क्या रहते हैं। आज यह बात बिलकुल साफ हो जानी चाहिए कि...

[मैनेजर की निगाह कुमार के उठे हुए हाथ पर जाती है, जिसमें रिपोर्ट है। विराम। मैनेजर रिपोर्ट ले लेता है। सरसरी निगाह से देखता है। कुमार अँगूठी के लिए हाथ आगे बढ़ाता है।]

मैनेजर : वीनस एंड कंपनी का कांट्रेक्ट तैयार हो गया? एक हफ्ते पहले मैंने आपसे कहा था कि इक्कीस को उनसे मीटिंग तय हुई है। अभी मैनेजिंग डायरेक्टर मुझसे जवाबतलब करेंगे, तो मैं उनके सामने...

[मैनेजर की बात बीच में टूट जाती है। कुमार के हाथ कांट्रेक्ट है। विराम। मैनेजर कागज ले लेता है।]

मैनेजर : कोई जीरो नहीं छूटा?

कुमार : आप देख लीजिए।

[आत्मविश्वासभरी लापरवाही से कुमार अँगूठी के लिए हाथ बढ़ाता है। मैनेजर अँगूठी बचाते हुए कांट्रेक्ट देखता है। एकाएक क्रूर ठहाका लगाता है।]

मैनेजर : *(इशारे के साथ)* बढ़ गया है!...एक जीरो बढ़ गया है!

[कुमार हताश रह जाता है। मैनेजर आक्रामक ढंग से आगे बढ़ता है।]

मैनेजर : आठ तिया?

[कुमार पीछे हटता है। मैनेजर उस पर हावी होता जाता है।]

मैनेजर : आठ चौके?...आठ पंजे?...आठ सत्ते?

कुमार : *(आर्त स्वर में)* अँगूठी...

मैनेजर : क्यों?

कुमार : शादी करूँगा।

मैनेजर : *(विद्रूप से)* हिसाब तो तुम्हें आता नहीं, शादी कैसे करोगे?... *(सूक्ति के ढंग से)* सुखी जीवन की कुंजी हिसाब है, और हिसाब का राज पहाड़े...

[चमन गाना शुरू करता है, जिसमें दूसरे कलाकार सम्मिलित हो जाते हैं।]

चमन आठ आठ सोलह है, चार चार आठ

इत्यादि : इंद्रजीत भूल गया गिनती का पाठ
अमल कमल विमल बनाएँ अपना घर

[नीचे के संवाद से नवदंपति का प्रेम छलका पड़ रहा है।]

टाइगर : जरा सुपारी देना तो।

रेखा : वहीं आले में रखी है, ले लो।

टाइगर : मुझे नहीं मिलेगी।

रेखा : आहा, मुझे नहीं मिलेगी। अब तक कौन दिया करता था भला?

टाइगर : अब तक कोई मेरा था क्या!

चमन : अमल कमल विमल बनाएँ अपना घर
इंद्रजीत फाँकता है धूल दरबदर
मानसी के मानस की कुछ नहीं खबर
सुखी जीवन की कुंजी हिसाब है...
बैकेट, जिवागो, वान्या औ देवदास
हैमलेट, मैक्बेथ फिरे हैं उदास
दो दूनी चार से न बढ़ सके आगे
आँकड़ों की गुत्थी या दर्द के धागे
गोडो की राह तकें सोते जागे
सुखी जीवन की कुंजी हिसाब है...

दृश्य 10

[पूर्वाभ्यास की जगह। कुमार तस्वीर के तौर पर अखबार देख रहा है। एक कोने में चमन खड़ा है।]

कुमार : वह स्वयं सामने थी/तो मैंने उसे ठुकरा दिया/पर आज उसके चित्र को ही अपने लिए सब कुछ मान रहा हूँ/रास्ता चलते मुझे भरी नदी मिली, तो मैं उसके पास से निकल आया/और इस समय सामने एक मृगतृष्णा देखकर/उसी से प्यास बुझाने के लिए बेचैन हो रहा हूँ।/ओह... क्यों मुझे ऐसे बराबर दुःख सहना पड़ रहा है। हर समय जागते रहने से सपने में भी उससे मिलना संभव नहीं/और उसका चित्र सामने है तो उमड़ते आँसू/इसे भी ठीक से देखने नहीं देते...

[एक आलोक-वृत्त चमन पर केंद्रित होने लगता है। मैनेजर का प्रवेश। चमन के पास आता है।]

मैनेजर : *(मीठी मुस्कान से)* कंपनी सोच रही है कि दफ्तर के स्टाफ में कुछ कटौती की जाए।

चमन : *(आतंकित हो)* हे भगवान...

मैनेजर : तुम्हारी और कुमार की जगहों में से एक रहेगी।

चमन : *(आर्त्त स्वर में)* सर, बाल-बच्चों वाला हूँ। बहुत मुसीबत में पड़ जाऊँगा, सर!

मैनेजर : तो कुमार को निकलवाने में मेरी मदद करो।

[दोनों की दृष्टि मिली रहती है। मैनेजर एक कागज देता है।]

मैनेजर : ऐसी शिकायत लिखकर दे दो।

[चमन पढ़ता है।]

मैनेजर : जगन्नाथन ने दे दी है।

[मैनेजर का प्रस्थान। प्रकाश-व्यवस्था पूर्ववत् हो जाती है। चमन विचारलीन है।]

टाइगर : चमन, तुम्हारी एंट्री...

कुमार : *(क्यू देते हुए)* और उसका चित्र सामने है, जो उमड़ते आँसू इसे भी ठीक से देखने नहीं देते।

[चमन आगे आता है]

चमन : मैनेजर ने... *(अटक जाता है। सँभलकर)* अमात्य ने पत्र दिया है।

[कागज आगे बढ़ाता है]

कुमार : क्या लिखा है?

चमन : *(धीमे स्वर में)* कटौती... *(ऊँचे स्वर में पढ़ते हुए)* निवेदन है कि धनवृद्धि नाम का व्यापारी परलोक सिधार गया है। उसके कोई संतान नहीं और वह कई करोड़ का धन पीछे छोड़ गया है। वह सारा धन अब राजकोष में जाना चाहिए। आगे जैसा देव आदेश दें।

कुमार : संतान का न होना कितने दुःख की बात है। पर इतने धनवान व्यक्ति की तो कई पत्नियाँ होनी चाहिए।

चमन : *(धीमे स्वर में)* मेरे अलावा खाने वाले तीन... *(जोर से)* तीन हैं।

कुमार : कोई गर्भवती नहीं?

चमन : *(ऊँचे स्वर में)* है...। *(धीमे स्वर में)* तीसरा होने वाला है।... *(ऊँचे स्वर में)* साकेतपुर के एक श्रेष्ठी की बेटी...उसका...। *(धीमे स्वर में)* और मेरी घरवाली का... *(ऊँचे स्वर में)* पुंसवन संस्कार भी हुआ है।

कुमार : तो गर्भ में स्थित यह बच्चा अपने पिता के धन का अधिकारी है। अमात्य से कह देना।

चमन : जो आज्ञा! समय पर हुई वर्षा की तरह आपके इस निर्णय का सभी स्वागत करेंगे।

कुमार : *(गहरी साँस लेकर)* जैसे कोई समय पर बीज डोलने के बाद हरी-भरी होने को बेकल धरती से मुँह मोड़ ले, उसी तरह मैंने उसमें अपनी आत्मा को आरोपित तो किया, लेक़िन उसके बाद कुल की प्रतिष्ठा रूप उस धर्मपत्नी को ठुकरा दिया...ओह, दुष्यंत के पुरखे भी चिंता में पड़े हैं कि मेरे बाद कौन इस कुल में श्रुति सम्मत रीति से उन्हें पिंडदान करेगा, यह सोचकर मेरे पुरखे इन संतानहीन हाथों का दिया जल जब पीते हैं, तो उसमें उनके आँसू भी मिले रहते हैं...

[टाइगर का प्रवेश]

टाइगर : चमन साब, आपकी वाइफ का फ़ोन आया है नीचे।

चमन : *(आशंका से)* बाप रे...

[तेजी से प्रस्थान। कलाकार अलग-अलग समूहों में बँट जाते हैं। कुमार अपने थैले से कुछ कागज निकालता है।]

रेखा : क्या है?

मंदाकिनी : *(मुस्कान से)* ब्रोश्योर की डमी है।

[दोनों देखने लगती हैं। कनक एवं निरंजन पास हैं।]

कनक : तुमने गॉडफादर पढ़ा है?

निरंजन : हाँ।

कनक : अपोलोनिया और माइकेल की शादी होती है?

निरंजन : हूँ...चार दिन दोनों सुख से रहे।

कनक : फिर?

निरंजन : फिर हुआ ऐसा कि शादी की वजह से माइकेल का उस इलाके में होना छिपा न रह सका। तय किया गया कि उसे दूर ले जाया जाए। इधर दुश्मन ताक में थे ही। उन्होंने माइकेल के एक बॉडीगार्ड कार्लो के साथ सौदा किया कि माइकेल को खत्म कर दो तो तुम्हें अमेरिका में बसा देंगे। जिस सुबह माइकेल चलने वाला था, कार्लो ने उसकी कार में टाइम बम लगा दिया। उन दिनों माइकेल अपोलोनिया को कार चलाना सिखा रहा था। इत्तिफाक था कि सामान लेकर माइकेल बाद में नीचे उतरा, अपोलोनिया पहले ही कार में बैठ गई और अपनी तरफ बढ़ती माइकेल को इशारा किया कि तुम वहीं ठहरो, मैं कार चलाकर तुम्हारे पास ला रही हूँ।...कुछ ही गज कार चली थी कि...

कनक : कि?

निरंजन : अपोलोनिया के चिथड़े उड़ गए।

[अंतिम पंक्तियों के बीच चमन का प्रवेश।]

टाइगर : कोई खास बात थी क्या?

चमन : बिरादर, बीवी की हर बात खास होती है।

[रेखा टाइगर को सुनाती हुई जोर से पढ़ती है।]

रेखा : पात्र... शकुंतला, कनक... प्रियंवदा, रेखा... अनसूया, मंदाकिनी... विदूषक, चमनलाल... दुर्वासा, दाढ़ी मूँछों के साथ चमनलाल... प्रतिहारी, औरतों के कपड़ों में चमनलाल...शार्गंरव, निरंजन राय...कण्व, टीकाराम...

टाइगर : *(चौंककर)* क्या? मेरा नाम टीकाराम छपा है?

रेखा : जिसका जो नाम है, वही छपेगा।

टाइगर : *(कुमार से)* सर, मैंने आपसे बिलकुल शुरू में ही कहा था...सारी दुनिया मुझे टाइगर के नाम से जानती है।...टीकाराम कटवा दीजिए, सर!... मैं कहीं का नहीं रहूँगा।...मैं बरबाद हो जाऊँगा...

[सुदर्शन कनक के पास आता है। मुस्कान का आदान-प्रदान होता है]

सुदर्शन : मैं आपसे कुछ कहना चाहता हूँ।

[क्षणिक विराम]

सुदर्शन : जिंदगी में एक मोड़ आता है, जब बरसों के यों ही गुजर जाने की छाप चेहरे की शिकनों में दिखाई देने लगती है। तब अचानक वक्त पर पकड़ सख्त हो जाती है। लगता है कि बची-खुची उम्र से ही, जितना कुछ हो सकता हो, हासिल कर लें। उस सारे भटकाव को भुलाने के लिए अपने घर में छिप जाएँ, जहाँ मैं आपको...हमेशा के लिए लाना चाहता हूँ...

[रेखा और निरंजन पास हैं। पिछले संवाद के बीच निरंजन उसे किसी पात्र का अभिनय दिखाता रहा है।]

रेखा : तुम्हारी एक्टिंग देखकर तो दंग रह गई मैं।...तुम कैसे अपनी आँखों में आँसू ले आते हो?

निरंजन : दूसरे की आँखों में आँसू लाना मुश्किल होता है, अपनी आँखों में आँसू लाना आसान।

रेखा : बिलकुल गलत। पिछले महीने मेरी मौसी मरी, तो वहाँ मौजूद सारे लोग रो रहे थे। मैंने बड़ी कोशिश की, पर मेरी आँखें गीली भी नहीं हुईं।

निरंजन : तुम बता सकती हो कि तुम्हें इतनी आसानी से हँसी कैसे आ जाती है?

रेखा : हँसने के लिए भी कोशिश करता है कोई?

निरंजन : मुझे हँसते देखा है कभी?

[रेखा नहीं में सिर हिलाती है]

निरंजन : किसी की मुस्कान पर मोनोपोली होती है, किसी की आँसुओं पर।...मेरे अन्दर आँसुओं का रिजर्वोयर है।

[विराम। रेखा उसके हाथ की किताब देखती है। अपना हाथ बढ़ाती है। निरंजन किताब दे देता है।]

रेखा : *(मुखपृष्ठ देखते हुए)* सीगल...

निरंजन : पेज चौबीस, लाइन ग्यारह और बारह...

[चला जाता है। रेखा उसकी दिशा में देखती है। कहा गया पृष्ठ निकालती है। एक बार मन-ही-मन पढ़ती है। फिर दर्शकों की ओर देखकर धीरे-धीरे दुहराती है।]

रेखा : मेरी जिंदगी तुम्हारी है। जब जी चाहे, आकर ले जाओ।

[कुमार और कनक पास हैं।]

कुमार : तुम क्या चाहती हो?

कनक : *(विह्वल होकर)* कितनी बार पूछोगे।

कुमार : *(कुछ रुककर)* मेरी नौकरी चलने वाली नहीं... मैं अपने गिर्दोपेश से इस तरह थक चुका हूँ कि...

कनक : मेरी नौकरी तो है।...तुम अपने मन का काम करना, जब जैसे चाहो।

कुमार : अगर घर बनाऊँगा, तो जिम्मेदारी से कैसे बच सकता हूँ।

कनक : मैं तुम्हारे ऊपर कोई जिम्मेदारी नहीं डाल रही।

कुमार : मेरे आत्मसम्मान की भी तो बात है।

कनक : *(कुछ रुककर)* तो तुम्हीं कोई रास्ता सुझाओ।

[विराम]

कुमार : मुझे कोई रास्ता नहीं सूझ रहा।

कनक : तो साफ क्यों नहीं कहते तुम कि किसी बंदिश में नहीं पड़ना चाहते?

कुमार : यह सिर्फ बंदिश ही नहीं। इसमें कहीं सुकून भी है।

कनक : जिसकी तुम्हें जरूरत नहीं।

कुमार : जरूरत है मुझे भी। लेकिन उसकी कीमत भी बहुत बड़ी है।

कनक : यानी जरूरत से ज्यादा?

कुमार : *(नाराजगी से)* मैं बनिए की तरह हिसाब करके नहीं देखता कि कितना कम है और कितना ज्यादा।

कनक : तुम्हारा हिसाब बनिए से भी बदतर है।

कुमार : जो बनिए की तरह सौदा करता है, उससे बदतर और कौन होगा।

कनक : क्या सौदा किया है मैंने?

कुमार : कि तुम शादी कर लो और फिक्र मत करो किसी चीज की।

[कनक आहत भाव से देखती रह जाती है।]

कनक : तुमने मुझे इतना घिनौना ताना दिया?...

[पर्स उठाते हुए तेजी-से प्रस्थान।]

[अंधकार]

दृश्य 11

[पूर्वाभ्यास की जगह। कलाकार अलग-अलग समूहों में बात कर रहे हैं। निरंजन और रेखा पास हैं।]

निरंजन : चेखव ने तुम्हें मेरा संदेश दिया था?

रेखा : हाँ। *(दोनों की दृष्टि मिली रहती है।)*

निरंजन : तो?

रेखा : *(रुक-रुककर)* देखो निरंजन, तुम मुझे अच्छे लगते हो। लेकिन, मैं तुमसे कित्ती बड़ी हूँ।...

निरंजन : तुम...बदन की उम्र की बात कर रही हो?

रेखा : और उम्र किसकी होती है?

निरंजन : मेरे जज्बात की उम्र पूछो। वाल्मीकि के मुँह से कविता कैसे फूटी थी? वो क्रौंच पक्षी मैं ही था—तुम्हारे साथ प्यार में डूबा, जब एकाएक बहेलिए के तीर से मेरी मौत हो गई थी...मेरी चीख अभी भी आसमान में अटकी हुई है। अगर तुम अपनी मुलायम उँगलियों से मेरे सीने का वो घाव सहला दो, तो...

रेखा : अच्छे बच्चे ऐसी बातें नहीं करते। रिहर्सल खत्म होने दो। फिर मैं तुम्हें बढ़िया आइसक्रीम खिलाऊँगी।

[चमन का प्रवेश]

कुमार : फोन किया?

चमन : हाँ, कनक एक हफ्ते के लिए शहर से बाहर गई है।

मंदाकिनी : कमाल है। न पूछा, न इत्तिला दी।...ऐसे ही लोग तो बदनाम करते हैं, एमेच्योर थियेटर को।

कुमार : चलिए, वो यूनिट लेते हैं, जिसमें शकुंतला नहीं।

[चमन आलेख के पन्ने पलटता है]

चमन : छठवाँ एक्ट...

कुमार : *(अपना आलेख देखते हुए)* मंदाकिनी, टाइगर, निरंजन...आप

परिभृत्तिका, मधुरिका और कंचुकी की प्रॉक्सी कर दीजिए।

टाइगर : *(मातम के ढंग से सीने पर हाथ मारते हुए)* हाय प्रॉक्सी हाय... हाय प्रॉक्सी हाय...हाय प्रॉक्सी हाय...

[मंदाकिनी आम की मंजरियाँ देखने का अभिनय करती है।]

मंदाकिनी : कैसा खिला हुआ है वसंत!/आम की मंजरियाँ/जिनके कोने हरे और हल्के तांबई रंग के हैं,/और जो इस अवसर के मंगल-उपकरण की तरह हैं/इस समय ऐसी लग रही हैं/जैसे नये वसंत का यह पहला उच्छ्वास हो।

[टाइगर के हावभाव लड़की के हैं। वह अपनी आवाज भी पतली कर लेता है।]

टाइगर : आम की कलियों को देखकर तो परिभृत्तिका पागल हो जाती है।

मंदाकिनी : तू मधुरिका है, तेरे लिए भी तो यह बावले होकर गीत गाने का समय है।

टाइगर : तू मुझे सहारा दे, तो मैं पंजों के बल खड़ी होकर आम की एक मंजरी तोड़ लूँ। उससे कामदेव की अर्चना करूँगी।

मंदाकिनी : ऐसा है, तो अर्चना का आधा फल मेरे लिए।

टाइगर : वह तो बिना कहे ही तुझे मिल जाता। प्रजापति ने एक शरीर के दो भाग करके ही तो हमें बनाया है।

[दोनों आम की मंजरी तोड़ते हैं।]

मंदाकिनी, टाइगर : *(साथ-साथ)* आओ आम्रमंजरी, मेरे हाथ से छूटकर तुम/धनुष चढ़ाए कामदेव के पाँच बाणों में से एक बन जाओ।

[निरंजन का प्रवेश]

निरंजन : *(क्रोध से)* यह तुम क्या कर रही हो, नासमझ लड़की! महाराज दुष्यंत ने वसंत का उत्सव रोक दिया है, फिर भी तुम आम की मंजरियाँ तोड़ रही हो।

मंदाकिनी, टाइगर : क्षमा करें आर्य! हमें इसका पता नहीं था।

निरंजन : उनके आदेश का पालन पेड़ों और पंछियों तक ने किया है।... आम की कलियाँ बहुत दिनों से निकली हैं/फिर भी उन पर अभी तक पराग नहीं आया।/कुरुबक की कोपलें कब से फूटी हैं/पर अभी तक वे वैसे ही कोपलें बनी हैं।/बीत गया है शिशिर, फिर भी युवा कोयलों का संगीत/उनके गले में ही रुँधा है/और लगता है कि स्वयं काम भी/अपने तरकस से आधा निकला बान जहाँ का तहाँ रोके/चकित-सा खड़ा देख रहा है... *(कुमार से)* सर, दिस

इज वेरी इंटरेस्टिंग...मौसम फ्रीज हो गया!

[कुमार सहमति में सिर हिलाता है।]

मंदाकिनी : स्वामी ने इस बार वसंत का उत्सव रोक क्यों दिया है?

निरंजन : अँगूठी देखकर जब से उन्हें याद आई है कि आर्या शकुंतला से सचमुच उन्होंने एकांत में ब्याह किया था, तब से उन्हें आर्या का तिरस्कार करने के लिए बहुत पछतावा हो रहा है।

[कुमार का शोकाकुल ढंग से प्रवेश। पीछे चमन]

कुमार : *(अँगूठी देखते हुए)* अँगुलीय/उसकी उँगलियों के कोमल पोर छोड़कर/पानी में डूबते तुमसे बना कैसे? पर तुम तो अचेतन हो/इसलिए उसके गुणों को न पहचान सकीं/मुझे यह पूछना अपने से चाहिए/कि मुझसे उसे ठुकराया कैसे जा सका?

[टाइगर अखबार लिए आगे आता है। कुमार को देता है।]

टाइगर : *(अन्य कलाकारों से छिपाकर, कुमार को अद्धा दिखाते हुए।)* सर, रिहर्सल के बाद...

[कुमार हामी में सिर हिलाता है। अखबार तस्वीर की तरह सामने करता है। टाइगर पीछे आ जाता है।]

कुमार : वह स्वयं सामने थी/तो मैंने उसे ठुकरा दिया।/पर आज उसके चित्र को ही/अपने लिए सब कुछ मान रहा हूँ/रास्ता चलते मुझे मिली भरी नदी/तो मैं उसके पास से निकल आया/और इस समय...*(टाइगर की जेब की ओर इशारा करता है।)* सामने एक मृगतृष्णा देखकर/उसी से प्यास बुझाने के लिए बेचैन हो रहा हूँ।/जैसे कोई समय पर बीज डालने के बाद...

[अंत तक आते आते हताश भाव से निढाल हो जाता है।]

टाइगर : दोनों हाथ उठाकर पैकअप!

[अंधकार]

दृश्य 12

[वही जगह। कुमार और टाइगर बैठे हैं। सामने अद्धा, दो गिलास, पानी का जग। टाइगर पेग बनाता है। एक गिलास कुमार को देता है। अपना गिलास उठाता है।]

टाइगर : चियर्स...

कुमार : *(गिलास ऊपर उठाए हुए)* चियर्स...

[दोनों घूँट लेते हैं। सिगरेट सुलगाते हैं। विराम]

टाइगर : एक्टर की जिंदगी भी कितनी सख्त है।...अपना खुद का दुःख तो उठाओ ही, साथ ही उन सभी कैरेक्टरों के आँसू भी बहाओ, जो करते हो।

कुमार : हाँ।

[विराम। टाइगर दो-तीन बड़े घूँटों में गिलास खाली कर देता है।]

टाइगर : आप स्लो जा रहे हैं, सर!

[कुमार अपना गिलास खाली करता है। टाइगर दूसरा पेग बनाता है। दोनों घूँट लेते हैं।]

टाइगर : *(रहस्यभरी मुस्कान से)* कुमार साब, बताइए, मैं अपनी सारी ताकत कहाँ से खींचता हूँ।

[कुमार कुछ क्षण सोचता है।]

टाइगर : *(मुस्कराता है)* प्यार से...मैंने बहुत प्यार पाया है, कुमार साब! घर में माँ-बाप, भाई-बहन,...और बाहर *(हर नाम से पहले एक हिचकी)* जूलियट...वसंतसेना...चारुलता...

[कुमार नये पेग बनाता है।]

टाइगर : आप अपनी ताकत कहाँ से लेते हैं, सर?

कुमार : मैं उन सबको याद करता हूँ, जिनके नाम और चेहरे से मुझे घिन आती है...और अपने अकेलेपन से, जो खाल की तरह मेरे

ऊपर मढ़ा हुआ है।

[अब टाइगर और कुमार दोनों तरंग में हैं।]

टाइगर : मैं कुछ पूछ सकता हूँ कुमार, अगर बुरा न मानो तो?

कुमार : दोस्तों के बीच कोई पर्दा नहीं होता, टाइगर!

टाइगर : तुमने शादी क्यों नहीं की?

कुमार : *(कुछ सोचकर)* अपनी जिंदगी का रवैया बदलने से मैं बहुत डरता हूँ।

टाइगर : *(कुछ शरमाकर)* मुझे तो अपना घर बसाने का बड़ा चाव है। बच्चे भी बहुत पसंद हैं मुझे।

कुमार : खुशनसीब हो तुम।

टाइगर : लड़के को मैं तैरना सिखाऊँगा...और घुड़सवारी...मैं चाहता हूँ कि फुटबाल का बहुत अच्छा खिलाड़ी बने वो...और लड़की को स्पैनिश और कत्थक...

कुमार : इन चुनावों के पीछे कोई खास बात है?

टाइगर : तुमसे क्या छिपाना यार! बचपन में मैं घुड़सवारी सीखना चाहता था। पर घर में पैसे की तंगी थी। फुटबाल में मैं हिंदुस्तानी टीम तक पहुँचना चाहता था, पर जिले से आगे नहीं बढ़ सका।

कुमार : और स्पैनिश?

टाइगर : मेरी बड़ी तमन्ना थी कि मैड्रिड जाकर बुलफाइटिंग देखूँ...पर ऐसी कोई सूरत नजर नहीं आती। तो अपने घर में अगर मैं मैड्रिड की जुबान ही सुन लूँ, तो संतोष हो जाएगा।

कुमार : और कत्थक के पीछे क्या कहानी है?

[टाइगर संजीदा हो जाता है]

टाइगर : सर, वो जो वसंतसेना थी न...

कुमार : हूँ।

टाइगर : उसी ने मेरे दिल पर सबसे गहरा घाव लगाया था। कत्थक बहुत अच्छा नाचती थी। पूछो कि अलगाव क्यों हुआ?

कुमार : क्यों हुआ?

टाइगर : उसने कहा कि पाँच साल तक कत्थक सीखूँगी, फिर शादी करूँगी। पूछो कि मैंने क्या कहा?

कुमार : क्या कहा?

टाइगर : मैंने कहा कि शादी कर लो। कत्थक भले ही दस साल सीखती रहना। पूछो कि उसने क्या कहा?

कुमार : क्या कहा?

टाइगर : कहा कि अगर मुझे कत्थक और तुममें से एक को चुनना हो, तो मैं कत्थक को चुनूँगी।

[विराम। दोनों दार्शनिक भाव से घूँट लेते हैं।]

टाइगर : अगर तुमने शादी की, तो अपने बच्चों को क्या बनाओगे, दोस्त?

कुमार : *(कुछ ठहरकर)* मैं जो भी खुशी या संतोष चाहता हूँ, वो अपने जरिए...बच्चे मेरे लिए अपनी अधूरी तमन्नाओं को पूरा करने का बहाना नहीं।...*(उठकर दुष्यंत की गतियों में आ जाता है)* दुष्यंत के लिए बच्चा बहुत जरूरी है। उसे राजपाट के लिए उत्तराधिकारी चाहिए।...और मेरे बाद कौन इस कुल में/श्रुति-सम्मत रीति से/उन्हें पिंडदान करेगा/यह सोचकर मेरे पुरखे/इन संतानहीन हाथों का दिया पानी/जब पीते हैं, तो उसमें उनके आँसुओं का जल भी मिला रहता है...मेरी आँखों में पानी...मैंने क्या किया है अपने बाप के लिए, जो मेरा बेटा साला मेरे लिए करेगा?/उसको भी मुझसे कोई लगाव नहीं होगा, जैसे मुझे अपने बाप से नहीं था...टाइगर, मेरे अजीज...अकेला होना और रोना, यही मेरी नियति है...

[अंधकार]

दृश्य 13

[वही जगह। पूर्वाभ्यास चल रहा है। एक कोने से उठकर कुमार दुष्यंत के रूप में मंच-मध्य में आता है।]

कुमार : मारीच के इस आश्रम में/क्यों व्यर्थ फड़कती है बाँह।.../अब कोई आशा नहीं कि मेरी मनोकामना कभी पूरी होगी/एक बार श्रेय का निरादर/उसे केवल दुःख के रूप में ही लौटा कर लाता है...

[मंच के दूसरे भाग में अन्य कलाकार पहुँचते हैं। रेखा और मंदाकिनी तापसियाँ हैं, शेर का चेहरा लगाए चमन चौपाए की तरह है, टाइगर सर्वदमन की भूमिका में है। रेखा द्वारा अस्वीकृत निरंजन एक ओर दुखी बैठा है।]

मंदाकिनी : *(टाइगर से)* कह रही हूँ, इतनी चंचलता मत कर...चाहे जो भी सामने आ जाए, उसी को अपना स्वभाव दिखाने लगता है।

कुमार : यहाँ तो कोई धृष्टता नहीं कर सकता। फिर यह कौन है?

[टाइगर रेखा और मंदाकिनी को छेड़ रहा है।]

कुमार : *(आश्चर्य से)* माँ का दूध पीते शेर के बच्चे को यह साथ खेलने के लिए अपनी ओर खींच लेना चाहता है...

[टाइगर चमन का मुँह खोलने की कोशिश करता है। दोनों तापसियाँ उसे रोकने का यत्न करती हैं।]

टाइगर : जमुहाई ले शावक, मुझे तेरे दाँत गिनने हैं।

रेखा : ढीठ, क्यों उसे तंग करता है। तेरा उत्पात तो हर दिन बढ़ता ही जाता है। ऋषियों ने ठीक ही तेरा नाम सर्वदमन रखा है।

कुमार : इस बच्चे को देखकर मन में ऐसे स्नेह उमड़ रहा हैं, जैसे यह मेरा अपना ही बेटा हो।

मंदाकिनी : तू इसे छोड़ेगा नहीं, तो शेरनी अभी तुझे दबोच लेगी।

टाइगर : *(हँसता है)* ओ हो हो, बहुत डर लग रहा है तुम्हारी बात सुनकर!

रेखा : देख, मैं तुझे खेलने के लिए कुछ और देती हूँ।

टाइगर : कहाँ है कुछ और? लाओ दो।

[हाथ फैला देता है।]

कुमार : *(चौंककर)* अरे, इसके हाथ पर तो चक्रवर्ती के लक्षण हैं!

मंदाकिनी : जा, मेरी कुटिया से खिलौना ले आ!

टाइगर : तब तक मैं इसी से खेलूँगा।

रेखा : अच्छा, तू मेरी बात नहीं सुनता .न... *(कुमार से)* भद्र, आप इधर जाएँगे। यह बच्चा इस सिंह-शावक को सता रहा है।

चमन : *(अपना मुखौटा सरकाते हुए)* इस रोल में साला कोई डायलॉग ही नहीं।

[कुमार पास आता है।]

कुमार : महर्षि-पुत्र, इस आश्रम के अनुकूल आचरण नहीं है यह/जिससे तुम अपने संयमी पिता के आंतरिक गुणों को दूषित कर रहे हो/यह उसी तरह है, जैसे चंदन की सुगंधि को काले साँप का बच्चा/अपने विष से दूषित कर दे।

मंदाकिनी : यह ऋषिकुमार नहीं है भद्र!

[कुमार टाइगर को चमन से अलग कर देता है। टाइगर का हाथ पकड़े है।]

कुमार : जाने कौन है वह, जिसके कुल की यह कोंपल है। फिर भी इसे छूकर अंगों में इतने सुख का अनुभव हो रहा है। सोचता हूँ, उसके मन को कितनी शांति मिलती होगी इस स्पर्श से, जिस भाग्यवान की यह अपनी संतान है।

रेखा : कितने आश्चर्य की बात है! इस बच्चे से आपका कोई संबंध नहीं। फिर भी आपसे इसकी सूरत कितनी मिलती है। फिर यह तो कभी किसी की बात मानता ही नहीं, पर आपकी बात इसने झट से मान ली।

कुमार : यह ऋषिकुमार नहीं, तो फिर किस वंश से है यह?

टाइगर : पुरुवंश से।

कुमार : *(स्वगत)* तो यह हमारे ही वंश से है। *(प्रकट)* लेकिन तपोवन का जीवन तो पुरुवंश के लोगों का अंतिम व्रत होता है।

मंदाकिनी : आप ठीक कहते हैं। लेकिन इस बच्चे की माँ का संबंध यहाँ की एक अप्सरा से है, इसलिए इसे उसने यहीं जन्म दिया है।

कुमार : *(स्वगत)* ओह, यह तो एक और आश्चर्यजनक बात सुनने को मिली। *(प्रकट)* यह बतायेंगी कि इनकी माँ जिन राजर्षि की पत्नी

हैं, उनका नाम क्या है?

रेखा : ऐसे व्यक्ति का नाम कौन मुँह पर लाए, जिसने अपनी धर्मपत्नी को छोड़ रखा हो।

कुमार : *(स्वगत)* यह सारी बात तो मेरी ही ओर संकेत करती है।

[रेखा मिट्टी का मोर लिए आती है।]

रेखा : *(टाइगर से)* देख, तेरे लिए सुंदर शकुंत लाई हूँ।

टाइगर : माँ आई है, कहाँ है?

[रेखा और मंदाकिनी हँसती हैं।]

मंदाकिनी : माँ जैसा नाम सुनकर कैसे इसका मन लुभा आया है।

कुमार : *(स्वगत)* तो क्या इसकी माँ का नाम शकुंतला है?...पर नाम तो कइयों के एक-से होते हैं। फिर भी यह नाम लिए जाने से कितनी उदासी मन पर घिर आई है।

मंदाकिनी : *(व्यग्रता से)* अरे, इसके रक्षा-वलय का क्या हुआ?

कुमार : खींचतान करने में हाथ से गिर गया है।

[वलय उठाने लगता है।]

रेखा, मंदाकिनी : *(साथ-साथ)* न न न...

[कुमार रक्षा-वलय उठा लेता है।]

कुमार : आप मना क्यों कर रही थीं?

मंदाकिनी : ऐसा है भद्र! कि यह वलय देवलोक की अपराजिता नाम की जड़ी से बना है। भगवान मारीच ने स्वयं इस बच्चे के हाथ पर बाँधा है। यदि यह धरती पर गिर पड़े, तो इसे इस बच्चे और इसके माता-पिता को छोड़कर और कोई नहीं उठा सकता।

कुमार : और कोई उठा ले तो?

मंदाकिनी : तो यह साँप बनकर उसे डस लेता है।

कुमार : आप लोगों ने पहले कभी ऐसा होते देखा है?

मंदाकिनी : कई बार।

कुमार : *(हर्ष से)* तब तो सचमुच मेरी मनोकामना पूरी हो गई।

[टाइगर को गले से लगा लेता है।]

मंदाकिनी : चल सुव्रता, शकुंतला को बताएँ।

[रेखा एवं मंदाकिनी का प्रस्थान।]

टाइगर : छोड़ो मुझे, मैं अपनी माँ के पास जाऊँगा।

कुमार : बेटे, अब तुम मेरे साथ ही माँ के पास चलो।

टाइगर : तुम मेरे पिता नहीं, मेरे पिता दुष्यंत हैं।

[कनक का बाहर से प्रवेश। कुमार उसे देखकर चौंक जाता

है। दोनों की दृष्टि मिलती है।]

टाइगर : यह कौन है माँ?

कनक : अपने भाग्य से पूछ...

[छोटू का प्रवेश। कलाकार समूहों में बँट जाते हैं। अपने गिलास लेते हैं। निरंजन छोटे से पिंजरे में बंद एक कबूतर रेखा के पैरों के पास रखता है।]

निरंजन : मैं यह कबूतर तुम्हारे कदमों में रखता हूँ।

[रेखा नीचे देखती है]

रेखा : यह अकेला कबूतर?

निरंजन : कई दिनों से मेरी खिड़की के पास भटक रहा था।

रेखा : तुम्हारी बातें अकसर उलझी हुई होती हैं। *(कबूतर की ओर संकेत सहित)* अब यह कोई सिंबल है, जो मेरी समझ में नहीं आ रहा।

निरंजन : *(दुःखभरी दार्शनिकता से)* मेरी समझ में भी बहुत कुछ नहीं आ रहा...कि क्यों तुम्हारी दुनिया में इतना दर्द है? मछुए अपना पेशा छोड़कर शहर की तरफ क्यों भाग रहे हैं? खोयी हुई अँगूठियाँ इतनी कम क्यों मिलती हैं?

[कुमार और कनक पास हैं।]

कुमार : ऑपरेशन करा लिया है?

[कनक हल्के-से हामी में सिर हिलाती है।]

कुमार : मुझे बताया भी नहीं?

[कनक चुप रहती है।]

कुमार : आखिर जिम्मेदारी मेरी थी।

कनक : मैंने तुम्हें छुटकारा दे दिया है।

कुमार : मुझे बताना तो चाहिए था।...इसी बहाने सही, पर एक बार मैं फिर सोचता।

कनक : *(दुःखभरी कड़वाहट से)* तुम्हें क्यों बताती मैं? फिर से अपमान सहने के लिए?

कुमार : *(आहत भाव से)* तुम्हें सिर्फ अपना अपमान दिखाई देता है? मेरा दुःख नहीं?

कनक : *(विद्रूप से)* तुम...और दुःख...

कुमार : क्यों? क्या मैं पत्थर हूँ? मुझे कुछ महसूस नहीं होता?

कनक : *(थके भाव से)* पता नहीं।

कुमार : तुम्हें नहीं पता, मुझ पर क्या गुजर रही है। जैसे दहकती सलाखें मेरे दिलो-दिमाग को दाग रही हैं...

कनक : मैं तुम्हें कोई इल्जाम नहीं दे रही ।

कुमार : शायद इसीलिए कचोट और तीखी है।...

कनक : मुझे नहीं पता, मुझे सिर्फ इतना पता है कि मैं बहुत थक चुकी हूँ। मैं बहुत गहरी नींद सोना चाहती हूँ...खामोश जंगल में पेड़ों की घनी छाँव के नीचे...या धीरे-धीरे बहते, गहरे झरने के किनारे...जहाँ किसी की आवाज तक न पहुँचे...बस, आसमान के बदलते रंग...हवा में उड़ते सूखे पत्ते...जहाँ वक्त के बीतने का पता न चले...और अचानक एक दिन माथे पर दो-तीन बाल सफेद दिखाई दें...

[चमन का गाना शुरू होता है।]

चमन : सिरहाने शकुन के आहिस्ता बोलो
अभी टुक रोते-रोते सो गई है
जिगर पै दाग था गहरा जफा का
हवा ए वक्त लेकिन धो गई है
शुरू की टीस का आलम न पूछो
मगर फिर रफ्ता-रफ्ता खो गई है।
न थी उम्मीद कि दिल भुला देगा
मगर अब धीरे-धीरे हो गई है
खिलेंगे कभी बेखयाली के बूटे
सदाए गैर जिनको बो गई है।

[अंधकार]

दृश्य 14

[वही जगह। पूर्वाभ्यास चल रहा है। कनक आत्मलीन एवं उदास बैठी है। मंदाकिनी और रेखा फूल चुनने का मूकाभिनय कर रही हैं।]

मंदाकिनी : *(फूलों की टोकरी दिखाते हुए)* पूजा के लिए इतने फूल बहुत हैं?

[दोनों फूल चुनने का अभिनय करती हैं।]

टाइगर : चमन नहीं आए अब तक?

[चमन की जगह ले लेता है। आगे आता है। कनक उसकी उपस्थिति से अनजान है।]

टाइगर : *(कनक से)* सुन, मैं मुनि दुर्वासा हूँ।

[कनक पर कोई प्रतिक्रिया नहीं होती।]

टाइगर : *(क्रोधपूर्वक)* मैं अतिथि हूँ और तू इस तरह मेरा अनादर कर रही है?/जिसके ध्यान में डूबी तू/सामने आए मुझ तपस्वी को भी नहीं देख पा रही/वह याद दिलाने पर भी तुझे उसी तरह भूला रहेगा/जैसे एक पागल अपनी पहले कही बात भूल जाता है...

[जाने लगता है। मंदाकिनी और रेखा उसके सामने झुक जाती हैं।]

मंदाकिनी : आपके तप का प्रभाव यह बेचारी नहीं जानती।

रेखा : इसलिए बेटी समझकर उसका यह पहला अपराध क्षमा कर दें।

टाइगर : मेरी कही बात तो अब लौट नहीं सकती। हाँ, यदि उसकी कोई निशानी यह दिखा देगी, तो इसके सिर से शाप की छाया उतर जाएगी।

कुमार : प्रियंवदा, आप दुर्वासा को मास्क कर लेती हैं... *(इशारे के साथ)* थोड़ा हट कर...यहाँ से आगे नहीं...अनसूया, थोड़ा और इमोशन

लाइए...शकुंतला की पूरी जिंदगी चौपट होने वाली है। आपका सरोकार और गहरा होना चाहिए।...आइए एक बार और...

[मंदाकिनी और रेखा अपनी जगह लेती हैं।]

मंदाकिनी : *(टोकरी दिखाते हुए)* पूजा के लिए इतने फूल...

[चमन का प्रवेश।]

टाइगर : लो, दुर्वासा आ गया।

कुमार : इतनी देर से आ रहे हो? चलो, अपनी पोजीशन लो।

चमन : दफ्तर में तुम्हारा बहुत जरूरी...

कुमार : *(डाँटकर)* प्लीज टेक योर पोजीशन!

[चमन अपनी जगह खड़ा होता है।]

मंदाकिनी : पूजा के लिए इतने फूल बहुत हैं?

रेखा : थोड़े और चुन लें? शकुंतला को भी तो चाहिए।

[दोनों फूल चुनती हैं। चमन आता है।]

चमन : सुन, मैं मुनि दुर्वासा हूँ।

[कनक चुप है।]

चमन : *(क्रोधपूर्वक)* मैं अतिथि हूँ और तू मेरा इस तरह अनादर कर रही है?/जिसके ध्यान में डूबी तू/सामने आए मुझ तपस्वी को भी नहीं देख पा रही/ वह तुझे भूला रहेगा...। *(लिफाफा निकालकर दिखाते हुए)* क्योंकि उसे अमेरिकन थियेटर की स्टडी के लिए मिल गई है—फैलोशिप!

[पलभर सब यथास्थान स्थिर रह जाते हैं। फिर कलाकारों की बधाइयों से घिरा कुमार पत्र पढ़ता है। एक बार कनक से निगाह मिलती है। अलग-अलग स्वर : मुबारक हो... कांग्रेचुलेशंस...]

निरंजन : क्या प्रोजेक्ट है, सर?

कुमार : अलग-अलग शहरों में थियेटर देखना है।

रेखा : कितने साल के लिए?

कुमार : दो साल।

चमन : टाइगर, ब्रेंडों के लिए कोई मैसेज हो, तो दे दो।

[हँसी। छोटू का प्रवेश। चाय के गिलास देता है। चमन छोटू को एक नोट देता है। वह अगले संवादों के बीच बाहर चला जाता है।]

निरंजन : *(कुमार से)* यहाँ से निकलकर तो बहुत सुकून मिलेगा?

[कुमार और कनक की दृष्टि मिलती है।]

कुमार : कुछ चीजों से दूर होकर—हाँ... यहाँ अपनी जिंदगी के ताने-बाने... वही एक-से दिन और एक-सी रातें...तजुर्बों का वही घिसा-पिटा दायरा...

रेखा : तो कैसे तजुर्बों की जरूरत होती है महसूस?

कुमार : कुछ भी नया...जरूरी नहीं कि वो खुशी देने वाला ही हो... बस, पहले से अलग...

मंदाकिनी : क्यों?

कुमार : क्योंकि एक-से एहसास मेरी महसूस करने की धार को कुंद कर देते हैं।

सुदर्शन : खुशी की जरूरत क्यों नहीं होती महसूस?

कुमार : आदमी की हैसियत से खुशी चाहने का मतलब है—एक रिश्ते को, कुछ शर्तों और एक दायरे को मान लेना। आँखों पर पट्टी बाँधे, कोल्हू के संतोषी बैल की तरह गोल-गोल जिम्मेदार चक्कर काटना...जिस तरह शकुंतला की नियति है बराबर दुःख उठाना, उसी तरह मेरी नियति है बराबर दौड़ते रहना...शौक उस दश्त में दौड़ाए है मुझको कि जहाँ...

[छोटू का समोसे लिए प्रवेश। समोसे बाँटे जाते हैं। कलाकार अलग-अलग समूहों में हैं। कनक एवं कुमार पास हैं।]

कनक : अपोलोनिया की मौत के बाद माइकेल का क्या हुआ?

कुमार : वो वापस आ गया—अमेरिका।

[दोनों की निगाह मिलती है।]

कुमार : गॉडफादर ने उसकी हिफाजत का पूरा बंदोबस्त कर दिया था। फिर उसने कुटुंब का सारा कारोबार भी सँभाल लिया, उसे कानूनी शक्ल दी और समाज में इज्जत हासिल कर ली!

कनक : *(कड़वी मुस्कान से)* मेरा ख्याल है कि फिर उसकी गर्ल फ्रेंड भी उसके पास आ गई होगी?

कुमार : हाँ, उन दोनों की शादी हो गई।

कनक : और फिर वे दोनों सुख से रहते रहे।

कुमार : हाँ, लेकिन तुमने तो गॉडफादर नहीं पढ़ी?

कनक : इतना जानना काफी है कि शाकुंतल और गॉडफादर—दोनों आदमियों ने लिखी हैं।

[कुमार को कोई बुला लेता है। सुदर्शन कनक के पास आता है।]

सुदर्शन : आपने कुछ सोचा?

कनक : *(कुछ रुककर)* आप नहीं जानते।...मेरा अतीत है।

सुदर्शन : *(दुखी मुस्कान से)* अतीत तो होता है। फर्क इतना है कि साये कहीं हल्के होते हैं, कहीं गहरे...

कनक : अगर मैं कहूँ कि साये गहरे हैं तो...।

सुदर्शन : मैं कोशिश करूँगा कि धुँधले होते जाएँ।

कनक : *(कुछ ठहरकर)* ऐसा हो सकता है?

सुदर्शन : अगर आप भी बाहर की धूप और धूल से थक चुकी हैं तो...

कनक : *(विह्वल होकर)* इन दिनों लगता है कि...बेहद थक चुकी हूँ मैं...

[अगले संवाद के बीच दोनों बातचीत करते रहते हैं।]

टाइगर : चलो, कुमार साब का विदाई सीन—एयरपोर्ट...

[हवाई अड्डे के ध्वनि-प्रभाव। रेखा कुमार को हार पहनाने का मूकाभिनय करती है।]

टाइगर : विश यू ऑल द बेस्ट, सर!

चमन : नई जिंदगी मुबारक हो, दोस्त!

रेखा : गुडबाई...

मंदाकिनी : प्ले का क्या होगा?

कुमार : पाराशर आ जाएगा अगले हफ्ते। वो दुष्यंत कर देगा।

[रेखा एयर-होस्टेस की तरह कुछ कदम चलती है।]

निरंजन : *(एकाएक आतंकित स्वर में कुमार से)* सर, आपको एक बेहद डरावनी सच्चाई का एहसास है? अगर शकुंतला एबॉर्शन करवा लेती, तो भारतवर्ष, दैट इज इंडिया, नहीं होता।

[पल भर सब स्तब्ध रह जाते हैं। फिर रेखा पहले की तरह दो-तीन कदम चलती है।]

रेखा : *(मुस्कान से)* एयर इंडिया की उड़ान नंबर फलाँ-फलाँ पर हम आपका स्वागत करते हैं। हमारे मुख्य वैमानिक कप्तान टाइगर हैं, जिन्हें पिछले हफ्ते ही एक हवाई जहाज गिराने का सम्मान मिला है। यहाँ से न्यूयॉर्क तक की दूरी—हम बीस घंटे में पूरी करेंगे। रास्ते में हमारा विमान कुवैत और लंदन में रुकेगा। जिन्हें अपनी जान प्यारी हो, इन इवाई अड्डों पर उतर सकते हैं। आपसे प्रार्थना है कि आप कृपया अपनी कुर्सी की पेटी न बाँधें और धूम्रपान करते रहें। क्योंकि इससे सेफ्टी में कोई फर्क पड़ने वाला नहीं। संकट के समय इस्तेमाल की जाने वाली हवाई छतरी आपकी कुर्सी के नीचे है। हमें पूरी आशा है कि आपको उसके इस्तेमाल की जरूरत पड़ेगी। अब आप ऑक्सीजन के प्रयोग

की विधि देख लीजिए, जिसका एक ही सिलेंडर पूरे जहाज पर है।

कुमार : अलविदा, दोस्तो!

[हाथ हिलाता है।]

कनक : मेरी अँगूठी...

[कुमार अँगूठी उतारकर कनक को देता है। कनक सुदर्शन के पास आती है। दोनों के बीच एक मीठी मुस्कान का आदान-प्रदान होता है। कनक सुदर्शन को अँगूठी पहनाती है। सब कलाकार 'क्या बात है', 'बधाई', एवं 'क्या जाल फेंका' की पुकारों के साथ उन्हें घेर लेते हैं। नेपथ्य में शहनाई।]

सुदर्शन : *(कनक को हार पहनाने के मूकाभिनय के साथ)* आठ एकम आठ...

कनक : *(सुदर्शन को हार पहनाने के मूकाभिनय के साथ)* आठ दूनी सोला...

[चमन तथा अन्य कलाकार दोनों के आसपास गोलाकार चक्कर काटते हुए फूल फेंकने का मूकाभिनय करते और लय के साथ गाते हैं।]

समवेत : आठ एकम आठ...आठ दूनी सोला...
आठ तिया चौबीस...आठ चौके
बत्तीस...आठ पंजे चालिस...आठ
छक्के अड़तालिस...आठ सत्ते छप्पन...
आठ अट्ठे चौंसठ...आठ नवें बहत्तर...
आठ धाम अस्सी...

[धीरे-धीरे ऊपर उठती हुई तान 'आठ धाम अस्सी' के साथ चरम सीमा पर पहुँचती है। धीरे-धीरे अंधकार होने लगता है और सारे कलाकार आठ के पहाड़े को धीमे स्वर में फुसफुसाते हैं।]

●●●